Günter Grass

Vatertag

Günter Grass

Steidl

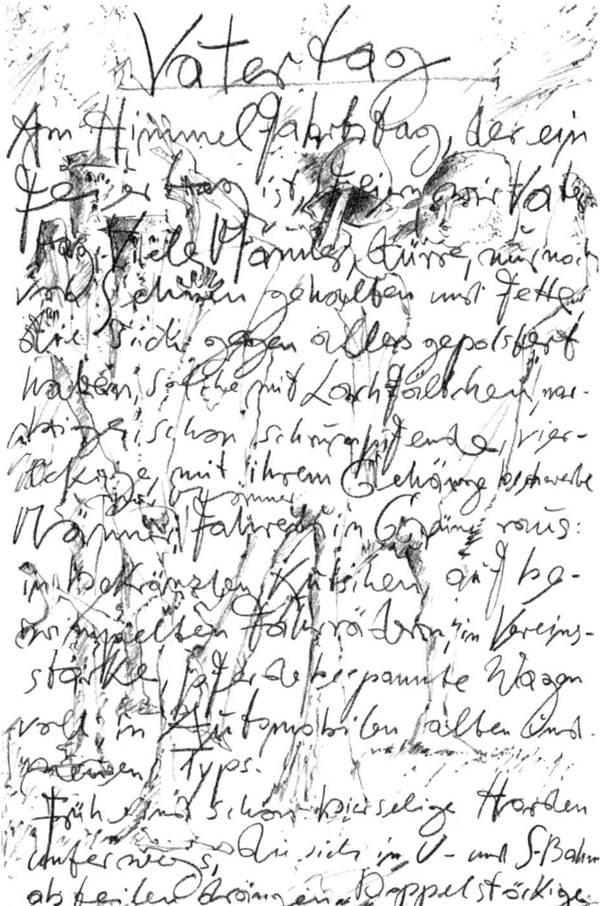
Vatertag
Am Himmelfahrtstag, der ein
Feiertag ist, freilich auch Vater-
tag, viele Männer, dürre, nur noch
von Sehnen gehaltene und fette
die sich gegen alles gepolstert
haben, solche mit Lachfältchen, nach-
träglich schon schrumpfende, vier-
schrötige, mit ihrem Gehänge beschwerte
Männer, fahren ins Grüne raus:
in bekränzten Kutschen, auf be-
wimpelten Fahrrädern, im Vereins-
stärke, jeder überspannte Wagen
voll, in Automobilen älteren und
neueren Typs.
Früh sind schon bierselige Horden
unterwegs, die sich in U- und S-Bahn
abteilen drängen. Doppelstöckige

Am Himmelfahrtstag,

der ein Feiertag ist, feiern wir Vatertag.

Viele Männer, dürre, nur noch von Sehnen gehalten, und fette, die sich gegen alles gepolstert haben, solche mit Lachfältchen, narbige, schon schrumpfende, viereckige, mit ihrem Gehänge beschwerte Männer fahren, ein ganzes Volk Männer, nur Männer fahren ins Grüne raus: in bekränzten Kutschen, auf bewimpelten Fahrrädern, in Vereinsstärke, pferdebespannte Wagen voll, in Automobilen alten und neuen Typs.

Früh sind schon bierselige Horden unterwegs, die sich in U- und S-Bahnabteilen drängen. Doppelstöckige Autobusse tragen Ladungen singender Männer. Halbwüchsige sind in Rudeln auf Motorrädern unterwegs: schwarzledern in ihren Lärm gehüllt. Auch Einzelgänger entschlossen zu Fuß. Die Veteranen der letzten Kriege, entfesselte Teilbelegschaften von Borsig und Siemens, die Herren der städtischen Wasserwerke, Müllmänner, Fernfahrer, Schalterbeamte, der Vorstand der Firma Schering, vollzählig versammelte Betriebsräte, wer Hertha oder Tasmania anhängt, Kegel- und Sparvereine, Skatbrüder und Briefmarkensammler, verbitterte Rentner, entnervte Familienväter, Ladenschwengel und picklige Lehrlinge, Männer, nur Männer wollen unter sich sein, ganz ohne Ilsebill, ledig der Röcke und Lockenwickler, wollen weg von der Brust, raus aus der Möse, frei vom Strickstrumpf, dem Abwasch, dem Haar in der Suppe, wollen außer sich sein und ins Grüne, wollen nach Tegel und an den Wannsee, auf den Teufelsberg und zur Krummen Lanke, nach Britz und Lübars, wollen rund um den Griebnitz- Schlachten- Grunewaldsee mit Flaschen und Stullen, Kuhglocken und Trompeten, gestreift und kariert raus und ins Grüne, wollen auf Moospolstern, zwischen Bäumen auf Kiefernnadeln oder bierärschig auf knickbeinigen Gartenstühlen die ganz große Sau loslassen, wollen herrlich, selbstherrlich und abgenabelt von Muttern sein.

Und am Vatertag, der auf Himmelfahrt fällt, wollte auch Sibylle Miehlau Vatertag feiern: Auf jeden Fall! Von ihren Freundinnen, die Fränki, Siggi und Mäxchen hießen, wurde sie Billy oder auch Bill gerufen. Alle vier hielten sich für anders geartet und waren es, obgleich alle vier auch anders als anders geartet sein konnten, wie ich genau weiß; denn Anfang der fünfziger Jahre hatten

Sibylle und ich heiraten wollen: große Pläne, wir waren verlobt. Es gibt Fotos: wir auf dem Markusplatz und unterm Eiffelturm. Wir auf den Kreidefelsen der Insel Rügen. Wange an Wange. Hand in Hand. Wir paßten zueinander. In jeder Lage. Und unser Kind…

Billy – das sag ich heute noch – war eine Frau von Format. Sie hatte ihr Jurastudium abgeschlossen. Alle Männer waren nach ihr verrückt. Sie galt als Vamp und lief auf Pfennigabsätzen. Sie vernaschte und wurde vernascht. Deshalb wurde auch nichts aus unserer Ehe, was wir bedauerlich fanden; denn Sibylle hatte einen häuslichen Zug, der auch später, als sie sich schon entschlossen hatte, andersgeartet zu sein, betulich ausgelebt wurde: Sie nahm das Mäxchen (mit seinem Seesack voller Gammelzeug) in ihre Wohnung auf, die eigentlich schon unsere Wohnung gewesen war: mit Kinderzimmer und Doppelbett.

Das Mäxchen sah aus wie ein menstruierender Junge, platt und fragil, während Sibylle die Maße eines Pinup-Girls hatte: Typ Stars and Stripes. Auch Siggi und Fränki wohnten in Wohngemeinschaft, doch locker im Verhältnis zueinander, immer auf Suche und unruhig wie dreijährige Hengste. Sie waren, bei allem männlichen Gehabe – immer in Hosen, die Stimmen im Keller –, vier kluge und ganz normal exaltierte Mädchen, die sich, weil sie zu oft auf doofe Jungs oder langweilige Männer (wie mich) gestoßen waren, ins eigene Geschlecht verkrochen hatten. Jetzt wollten sie anders, unbedingt anders sein. Dabei hätte ich es mit jeder von ihnen gekonnt. Und mit Sibylle habe ich im großen und ganzen prima geschlafen. Und die kühle Siggi habe ich ganz normal durchgezogen, ohne daß sie geklagt hätte hinterher. Und auch das Mäxchen wurde von mir, als es mit Billy ihren Schleckleck anfing, wie nebenbei vernascht. Nur Fränki, dieses Fuhrmannsgemüt, lag mir nie.

Jedenfalls begannen sie alle vier, eines Tages verrückt zu spielen: »Das geht nicht mehr. Das ekelt uns. So plump kann man uns nicht kommen. Wir sind ganz andere Zärtlichkeiten gewohnt. Ihr wollt doch bloß immer rein raus und fertig. Aufreißen und liegenlassen. Das kann man mit uns nicht machen, nicht mehr. Bedien dich sonstwo. Tut uns leid. Wir sind nun mal anders geartet. Na schön: anders geworden. Vorher, das zählt nicht. Das mußte man hinter sich bringen, und zwar konsequent. Können ja trotzdem Freunde bleiben. Komm doch mal wieder vorbei, auffen Schnaps und so.«

Das taten sie: harte Schnäpse trinken und Bier aus der Flasche. Und auch in Fränkis offenem Dreiradauto (aus fünfter Hand), das sonst für Schnelltransporte und Kleinumzüge gut war, rüttelten paar Flaschen Korn im Eiskübel und zwei Kasten Bier, als sie alle vier, Siggi am Steuer, die Hundekehle, dann Clayallee hochfuhren, um am Grunewaldsee zwischen zehn-, nein, hunderttausend Männern den Himmelfahrtstag lang Vatertag zu feiern.

Billy trug einen Zylinderhut. Fränki saß mit Melone. Siggi hatte sich ihre Schlägermütze verpaßt. Dem Mäxchen hing ein zu großer, um jede Fasson gebrachter Filz um die Ohren, der im Fahrtwind gehalten werden mußte. Figuren aus einem Film, der aus Hutrollen besteht. (Später tauschten sie ihre Deckel. Und Billys Zylinder blieb tragisch liegen.)

Und jene zehntausend Männer, die alle ins Grüne wollten, hatten sich auch, je nach Rolle, behütet mit Pickelhauben, Zipfelmützen, Strohhüten, Kreissägen genannt, mit Papierhelmen und richtigen Stahlhelmen. Jemand hatte sich sein feinkariertes Taschentuch mit vier Knotenzipfeln über die Glatze gespannt.

War ja alles Verkleidung nur. Sonst trugen sie nie oder selten Hüte und Mützen. Barhaupt am liebsten. Seit sie kein Vamp mehr sein wollte: Sibylles zum Wuschelkopf verkürzte Lockenhaare. Fränki kannte man nur mit Herrenschnitt: blauschwarz gefärbt. Siggis

Billy
Fränki saß mit Melone
Siggi hatte sich ihre Schlägmütze verpasst.

stumpfblonde Pagenfrisur: schulterlang strenggeschnitten. Dem Mäxchen hatte Billy eines Sonntags, als sonst nichts lief, einen Amischnitt verpaßt: Streichholzlänge, die knisternde Bürste.

Und wie der Rollenfilm vorschrieb, rauchte Fränki Pfeife, schwieg Siggi mit einem Brasilstumpen zwischen den Zähnen, hing Billy eine selbstgedrehte Zigarette an der Unterlippe, kaute das Mäxchen Kaugummi, während alle vier auf dem mit Papierrosetten geschmückten, von einem blaugelben Gartenschirm überdachten Dreiradwagen in Richtung Grunewaldsee rumpelten: eingekeilt zwischen einem offenen Mercedes voller affiger Corpsstudenten in vollem Wichs und einer einspännigen Kutsche, in der drei ältere Herren ohne zu ermüden »Im Grunewald, im Grunewald ist Holzauktion...« sangen.

Die Laune war gut. Das Wetter war prächtig und versprach, prächtig zu bleiben. Fortgeschrittener Vormittag, kurz nach zehn. Die politische Lage wie immer gespannt: ein Jahr nach dem Mauerbau. Westberlin eine Insel, auf der man leben konnte. Auch wenn die Grundstückspreise fielen, ging es doch wirtschaftlich einigermaßen. Besonders Fränki konnte nicht klagen: jede Menge Umzüge und Schnelltransporte. Und in Billys Anwaltspraxis florierte das Scheidungsgeschäft: »Die blöden Weiber hoffen immer bis zum Schluß und ziehen dann den kürzeren, jedesmal.« In Sieglindes Hundezwinger vermehrten sich Schäferhunde stammbaumgerecht und kleine Schleckhündchen, die reißend Absatz fanden; dabei hatte auch Siggi Jura bis zum trocknen Ende studiert, aber dann keine Lust mehr gehabt. (Erst ein gutes Jahrzehnt später konnte sie im Verlauf eines öffentlichen Tribunals ihren juristischen Büffelkram an den Mann bringen: »Ich klage an!«)

Das brachte die Zeit mit sich: Alle waren berufstätig, nur das Mäxchen studierte noch (auf Billys Kosten) in einem Tanzstudio den ekstatischen Barfußtanz und nebenbei klassisches Ballett. Sag ich ja: waren tüchtig, lebenslustig und nicht ohne Ehrgeiz. Man stand seinen Mann, ohne einer von diesen Scheißmännern zu sein, die, selbst wenn sie vögeln, noch wichsen. Oder die zikkigen Weiber mit ihrer Tages- und Nachtcreme, ihren Dauerwellen und vierzehn Paar Schühchen, mit ihren Preßtränen Schondeckchen Sammeltassen, mit ihrem Krimskram im Handtäschchen und ihrer Bimmelbammelangst vor dem Dickwerden. Nein, nicht nur vorm Schwangerschaftsbauch. All die Fettwulstängste und Schrecknisse vor früher Hängebrust. Der Schrei vorm Spiegel, weil Fältchen kichern, Äderchen blau sind und Mutters Neigung zum Doppelkinn durchbricht: Nur nicht alt werden! Nicht mehr begehrt, befummelt, begrapscht und in allen Löchern bewohnt sein von einem Stück Mann, spargellang; denn nur um das dreht es sich um dieses ausgelatschte Stück Fummelfleisch, das ein Loch bildet, extra groß für den strammen Max. »Hör mir bloß auf mit dem partnerschaftlichen Seelengequatsche!« rief Billy, als ich ein Wort zum Sonntag riskierte.

Nein, nicht mit uns. Wir nicht. Kesse Väter wir, wie man sagt. Immer auf Reise. Ungebunden. Jägernaturen. Kinderlos glücklich. Denn daß Fränki (als Franziska Ludkoviak) zwei Gören aus ihrem früheren Ehe- und Sparherdleben hat, die sie ihrem Verflossenen, dem immer bekümmerten Pappi, samt Baugeschäft und neuer selbstloser Mutti gelassen hat, zählt nicht. Und auch Billys Tochter (von mir) wuchs längst abgetan bei der Großmutter auf.

Schluß mit dem Windelkram! Scheißkinder! Wir machen uns keine. Und unsere Trinen – denn auch das Mäxchen besteht darauf, sein Eigenleben zu führen – werden von uns nicht dick, sondern ganz anders abhängig gemacht. Als wenn wir keine Krisen und häuslichen Sorgen hätten. Immerzu Eifersucht und wo warst du gestern. Dieses zermürbende Klein-klein. Und für jeden Furz Lügen erfinden müssen. Als wenn es keine größeren, übergeordneten, sagen wir mal: geistigen Probleme gäbe, die den Mann fordern und produktiv in Frage stellen. Aber nein: jeden Tag Szenen und Zänkereien. Siggis Freundin hat ihren zweiten Selbstmordversuch hinter sich. Fränki kann nur noch mit Prügel Ruhe und Ordnung schaffen. Billy ist, ehrlich gesagt, enttäuscht, weil sie das Mäxchen ganz anders eingeschätzt hatte und nicht mal so und mal so und mal so rum, denn Mäxchen läßt zwischendurch Kerle ran oder läßt Kerle zugucken, wenn sie es irgendeiner Trine besorgt. Lauter Verwirrungen und ein paar tragische Fälle. Jeder hat was Schreckliches durchgemacht. Siggi will, als sie zwölf war, von ihrem Vater begrapscht worden sein. Billy spricht gerne von Frühprägungen, weil sie, vierzehn Jährchen alt, aber doch schon ein richtig ausgewachsener Pummel, als die Russen kamen, von drei, manchmal sagte sie: von fünf Russen vergewaltigt, und zwar von einem nach dem anderen vergewaltigt wurde. Fränkis Mutter soll Zirkusreiterin (oder Bauchrednerin) gewesen sein. Und das Mäxchen wollte nie, mußte aber immerzu mit Puppen spielen. (Und was es noch gibt: die zu heiße Milch, der schreckliche Onkel, Opas Schnurrbartbinde und ein Cousin aus Stolp, der seinen Namen in den Schnee pissen konnte …)

Doch heute ist Vatertag. Heute haben alle Trinen und frühprägenden Geschichten zu Hause zu bleiben. Nur wir sind auf großer Fahrt. Zwischen hunderttausend Strichmännchen sind wir vier willentlichen, eigentlichen, übernatürlichen, weil bewußten Männer zielstrebig unterwegs: Wir kommen ohne Gehänge aus, wir hängen nicht vom Gehänge ab, wir sind frei, das neue Geschlecht. Schon hat uns die Natur an die Brust genommen. In allen preußisch markierten Forsten, um Papierkörbe an allen Seeufern, an den Tischen der Ausflugslokale halten wir Rast, protzen wir ab, nehmen wir Quartier und winken uns zu von Gruppe zu Gruppe: Hallo Jungs! Hoch die Tassen! Hier ist es gut. Hier laßt uns Hütten bauen. Hier sind wir unter uns, mal richtig ungestört unter uns. Frieden. Kein Weibergezänk und Wünschmirwas, Wünschmirdas. Keine Ilsebill weit und breit. Nichts muß mehr strammstehen. Entspannt euch, Leute! Und einen kräftigen Schluck. Auf wen denn? Na, auf den Vater. Den müden verbrauchten kaputten, endlich mal schlappschwänzigen Vater. Auf uns alle zwischen den preußischen Kiefern, an den gescheuerten Biertischen, inmitten Seeufermüll. Wie wir angereist sind: zu Fuß, auf Rädern, bespannt oder motorisiert. Jadoch, ein Volk von Brüdern, wie es im Lied heißt, Männer zuhauf. Alles, was Mann ist, feiert am Himmelfahrtstag den Himmelhochvater, den Übersollvater. Und auch die Jungs auf ihren geputzten Motorrädern –

»Ja, ihr, da drüben am anderen Ufer!« –, die noch nicht wissen, wohin mit der Kraft, die sich in Leder geschmissen haben: schwarze Engel, mit Nieten beschlagen, wirklich wie Filmfiguren, die lässig federn und immer die richtige Witterung haben. Schlanke, auf Lauer stehende Hechte. Und einer bläst auf der mitgebrachten Trompete angriffige Signale. Ja, laßt uns Vatertag feiern, Vatertag feiern …

Am Ufer des Grunewaldsees, dort, wo der Baumbestand gelichtet ist, unter einer hellgeflammten Kieferngruppe, auf Sand Nadelgrund Zittergras stellten Fränki und Siggi das Flaschenbier und den Kornschnaps im Eiskübel ab. Das Mäxchen trug den Freßkorb mit den Steaks und den Hammelnieren. Nachdem sie den Feldspaten, den Feuerhaken, den Eisenrost ausgeladen hatte, schleppte sich Billy mit zwei Feldsteinen von nahbei ab und legte sie zur Feuerstelle. Wie nach langer Reise und mythenbildender Irrfahrt sagte sie: »Ist ja märchenhaft hier. Hier kochen wir ab.«

(Damals, beim Rückzug. Versprengt in masurischen Sümpfen. Und nach der Schlacht bei Wittstock, als wir mit Torstensons Reitern und den schottischen Regimentern Lesley und King die Kaiserlichen geschlagen hatten und zwölf Ochsen am Spieß...) Feuerchen machen. Holz holen. Was abstarb, angeschwemmt wurde, nun knochenhart ist. Äste übers Knie gebrochen. Kistenbrettchen, da waren mal Kieler Sprotten drin. Aus Sträuchern, für die es Winter blieb, knackende Zweige brechen. Und verrunzelte Kiefernzapfen geklaubt, die brennen die brennen. Was noch? Deine Gefühle und ähnlicher Zunder. Meine zerknüllten Papiere, auf denen in Langzeilen Haß zettelt. Alle Ideen feuergeboren. Wir, was sich reibt und entzündet. Der alte, den Hausbrand nährende Streit. Meine Beweise brennen viel besser. Deine Liebe schwelt nur und kümmert. Eure Moral hat noch keinen Funken geschlagen. Das läßt uns kalt! Kalt läßt uns das.

»Nein, Mäxchen. Wärst du doch bloß zu Hause geblieben«, sagte Billy, als sie zwischen zwei Feldsteinen das Kleinholz auf Knüllpapier schichtete. »Das ist nun mal nichts für dich, dieser Männerauftrieb. Da haben kleine Mädchen wie du nichts zu suchen. Jetzt mach ich mir Vorwürfe, weil ich nachgegeben, wieder mal nachgegeben habe deinem Gebettel: Nimm mich mit, nimm mich doch mit. Das war leichtfertig. Wenn das die Jungs drüben spitzkriegen, ordinär wie die sind. Wieso? Du willst mir doch hier nicht erzählen, daß du keine Trine mehr bist. Ist ja lächerlich. Haste gehört, Fränki? Klein-Mäxchen will nicht mehr Papas Liebling sein, sondern wie wir auffen Putz hauen. Keinen Weiberkram mehr, nur noch sachlich von Mann zu Mann. Ist das nicht komisch, irrsinnig komisch?«

Da brannte das Feuer schon kleinklein von unten gefräßig hoch. Niemand lachte. Nur paar Mücken vom See. Und Fränki sagte mehr zu sich als zu Siggi: »Unsere Billy hat immer noch nicht begriffen, daß sie, genau besehen, unsere allerliebste Dickmadame ist, weshalb ihr das Mäxchen auf Muttertag einen ausgewachsenen Tittenhalter geschenkt hat. Eigentlich und genaugenommen, hätte unsere Billy zu Hause bleiben und Kreuzworträtsel lösen oder Mäxchens Socken stopfen sollen. Mal son richtiger gemütlicher Hausfrauentag. Ich hätte ihr meine Bettina und paar von Siggis Trinen rüberschicken können zum Tratschen und Salzstangenknabbern. Ist doch hier völlig fehl am Platze, unsere Dickmadame – oder?«

Da schwieg Billy, die mal meine Sibylle gewesen ist, wie ein Mann (verbissen verschlossen) und kümmerte sich nur noch ums Feuer. Das machte jetzt richtige Flammensymbole. Und auch an anderen Abkochplätzen im Grunewald und Spandauer Forst, auf den Lichtungen zwischen Tegels Bäumen, wo überall das Päsern, Zündeln und Mitdemfeuerspielen verboten war, hatten Männer wie sachkundige Pfadfinder Holz zwischen Feldsteinen geschichtet und zu Flammen emporgejubelt, so daß die berittenen Polizeistreifen Mühe hatten, vorbeizublinzeln: »Aber aufpassen, Leute, auch wenn Vatertag ist. Wir wollen hier nix gesehen haben.«

Das zeichnet den Mann aus. Wo er hinkommt und seinen Kreis schlägt, da ist Feuerstelle, da prüft er den Wind, da überschaut er die Lage und handelt nach Vorschrift. Er weiß das von Anbeginn, solange er unterwegs ist. Seinen Weg zeichnen Brandspuren. So markierten Männer Geschichte.

Mit dem Feldspaten zogen sie einen Graben um ihr Lagerfeuer. »Noch nie was von Steppenbrand gehört?« Siggi überwachte den Funkenflug. Fränki starrte in die Flammen, als könne man ihrer Charakterschrift Botschaften ablesen. Das Mäxchen sprang drei-viermal über das langsam zu Glut kommende Feuer. Und nur Billy war auf den Zweck aus und klatschte beiseite, wo sie Gewürze, die Pfeffermühle und sonstiges Zubehör abgestellt hatte, die fußlangen und daumendicken Steaks aufs Küchenbrett. Mit einer Speckschwarte rieb sie den eisernen vierbeinigen Rost ab, dem anzusehen war, daß er schon oft über Glut stillgehalten hatte. Dann schnitt sie grüne Paprika zu Streifen. Ärmel hoch. Griffige Unterarme. Beil, der Koch, dem alles teilbar und Hackstück ist. Jetzt schnitt sie die Nieren auf, daß es seichte.

Billy glänzte nahe dem Feuer und versuchte entschlossen, an dem Gequatsche vorbeizuhören: Ihr Scheißer ihr! Was wißt ihr schon. Das Grillen auf offenem Feuer war immer schon Männersache. Schon in der Steinzeit. Später die Ochsen am Spieß. Es waren Männer, die auf Töpfe und Pfannen geschissen haben und über nackter Glut Steaks und Hammelnieren erschrekken ließen. Damals, auf Winterfahrt durch Litauens Sümpfe. Auf dem noch glühenden Gebälk gebrandschatzter Klöster habe ich Ferkel, Lämmer und Junggänse ... Als die Hussiten bis nach Oliva kamen ... Und nach der Schlacht bei Wittstock ...

Aber Fränki blieb verächtlich und ließ alles Geköch nur als Weiberkram gelten. »Was wird uns denn unsere Mutti heute Leckeres brutzeln? Tätowierte Stierhoden? Fingerlange Sextanerpimmel? Ach, wenn wir unsere Mutti nicht hätten. Wir Kerle stehen blöd rum, reden über die nukleare Abschreckung und über die ernste politische Lage, aber sie macht und tut und sorgt sich fraglos, selbstlos. Alles für uns.«

Das Mäxchen sagte nur: »Mach dir nix draus. Bist schon o.k., Billy. Wir wissen ja, was mit dir los ist.«

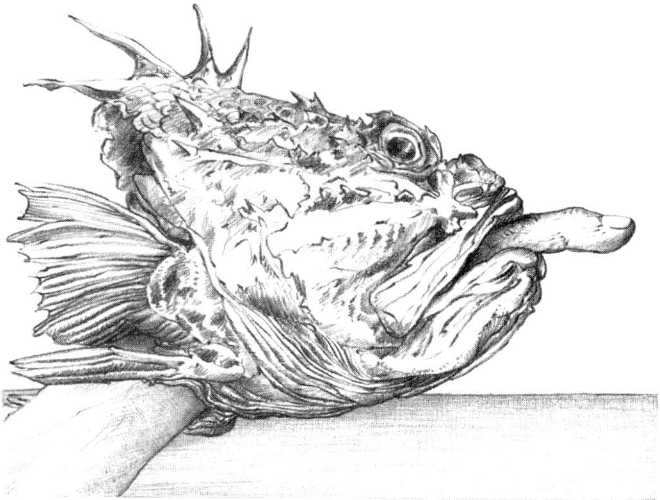

Aber meine Sibylle wußte das nicht und nie. Als ich mit ihr anfing, das war im Mai fünfzig, hatte sie gerade aus der frischgebackenen DDR rübergemacht. Aus Hoyerswerda kam sie, wo ihre Eltern, Ostflüchtlinge aus Danzig-Westpreußen, wohnen blieben und ihrem Einzelkind regelmäßig Pflaumenmus und Streuselkuchen schickten. Damals war Billy eine blondlockige, üppige, mal fleißige, dann launisch faule Studentin der Jurisprudenz, die eigentlich ganz was anderes hatte studieren wollen: weiß nicht mehr was.

Wir galten als verlobt. Und während der ersten vier Semester hat sie auch gemacht, was ich wollte, bis sie willentlich Vamp wurde und ich sie nur noch vor- oder nachvögeln durfte. Zwischendurch Heulkrämpfe. Die Frühprägung. Fünf oder sieben Russen. Im Keller. Auf leeren Kartoffelsäcken. Deshalb Studium aufgeben wollen. Was ganz anderes, was Normales machen: eine Hühnerfarm hochbringen oder nur Hausfrau sein, Kinder haben (fünf oder sechs) oder nach Australien auswandern, bei Nullkommanull anfangen.

Wie nebenbei hat sie ihr Examen gemacht und ein Dutzend Männer, darunter auch zwei drei Exoten, abgenutzt zu den Akten gelegt. Ich blieb immer greifbar und sagte meine Sprüche: »Sag mal, was willst du eigentlich? Sag mal, kannst du dich nicht endlich entscheiden? Sag mal, du kannst doch nicht immer was anderes wollen? Sag mal, wie viele Wünsche hast du denn noch?«

Da machte ich ihr, weil ich dachte, das hilft, ruckzuck ein Kind. Aber das war dann im Weg und wurde ruckzuck bei den Großeltern abgestellt. Das Muttersein kotzte sie an. Und auch ihr Vampwesen flachte ab. Sibylle wurde geradezu zickig mager. Mich, niemanden ließ sie mehr ran. Redete nur noch über Existentialismus und so. Und als sie in Schmargendorf, gleich nach der Referendarzeit, ihren eigenen Laden eröffnete, begann sie Freundschaften mit geschiedenen Frauen zu schließen, deren Fälle sie mit Erfolg vor Gericht verhandelt hatte: darunter Fränkis Fall.

Doch nachdem ihre Entscheidung – »Ich bin anders und steh dazu« – wie sicher war, durfte auch ich manchmal wieder. Wir verstanden uns viel besser als früher. (Das sind nun mal ihre Widersprüche.) Sogar unsere Tochter durfte mit uns einmal im Monat in den Zoo zu den Affen und Seelöwen: Wir sahen (auf Fotos) wie richtige Eltern, wie eine Kleinfamilie aus.

Erst im Sommer sechzig – Sibylle war mit großem Trara dreißig geworden – hatte ich restlos ausgeschissen. Das Mäxchen war aufgekreuzt und duldete keine halben Sachen. (»Ihr könnt ja Freunde bleiben. Aber sonst läuft hier nix mehr.«) Anfangs hatte ich noch gedacht oder gehofft: Das Mäxchen wird sone Trine sein wie die anderen auch. Ist doch alles nur Angabe. Und Billy wird das langstelzige Vögelchen vernaschen, wie sie vorher die Männer roh oder gekocht verputzt hat. – Auch Billy meinte noch lange, sie habe die Hosen an. Dabei wurde sie wieder richtig mollig rundum und ganz verrückt auf Haushaltführen mit Einbauküche, Geschirrspülmaschine und schicken Knollmöbeln. Ihr Standardsatz (vor langer Rede über die Kochkunst) hieß: »Wenn ich doch nur das Kochbuch hätte, das meine Urgroßmutter geschrieben hat, die von den Nazis im KZ umgebracht wurde.«

Naja, gekocht hat sie immer gerne, als Vamp und auch andersrum. (Ihr rheinischer Sauerbraten, ihr ungarisches Paprikagulasch, ihre Saltimbocca, ihr Coq au vin...)

Jedenfalls hatte bald darauf Mäxchen das Sagen. Mäxchen bestimmte wann und mit wem Ferien auf Elba, Formentera oder diesmal auf Gotland gemacht wurden. Mäxchen bestimmte, welcher Godardfilm, welcher Beckett oder Ionesco unbedingt angesehen werden mußten. Mäxchen ließ den Spannteppich wieder rausreißen. Mäxchen sagte: »Hier kommt der Fernseher hin.« Mäxchen ging fremd. Mäxchen machte Schulden, und Billy zahlte. Und Mäxchen hatte auch gesagt: »Auf Vatertag bleibst du mir schön zu Hause.«

Gab das ein Theater. Erst ein zweistündiger Weinkrampf, vor dem sechs Sektgläser kaputtgingen und ein Taschentuch zerbissen wurde, hatte Mäxchens Willen gelockert. Und als dann Siggi vermittelnd sagte: »Und wer soll kochen? Etwa Fränki?«, hatte Mäxchen o.k. gesagt. »Soll sie von mir aus, ausnahmsweise. Aber keine Szenen, verstanden! So launisches Getue und ewiges Rumgezanke und immer neue Wünsche. Das halt ich nicht aus. Wirklich, das halt ich nicht aus.«

Und als der Vatertag in ganz Berlin mit großer Ausfahrt, umständlicher Platzsuche und dem Ritual des Feuermachens, mit dem großen Abkochen begonnen hatte, gab sich Billy angestrengt Mühe, keine beleidigte Heulsuse und launische Trine zu sein. Das Glutschüren half ihr. Und Fränki, Siggi und das Mäxchen waren auch derart vatertagstoll mit sich selbst beschäftigt, daß ihnen Billys Zustand molliger Zwiespältigkeit kaum auffallen mochte.

Es gab ja genug zu tun. Wie all die zehntausend, nein hunderttausend Männer an den Seeufern, zwischen den Bäumen, vor Erfrischungsbuden und gescheuerten Tischen hatten Siggi (hingeflezt), Fränki (stehend) und das Mäxchen (unruhig auf und ab) Bierflaschen am Hals, die fünfte sechste schon leergegluckert, bis der

Drang übermächtig wurde und das knäbische Mäxchen etwas Verblüffendes tat: Nicht etwa in üblicher Strullhocke gab es seinem Bierblasendruck nach, sondern breitbeinig stehend als klassischer Mann begann das Mäxchen, an einem hellgeflammten Kiefernstamm sein Wasser abzuschlagen, indem es seinen Jeans den Schlitz zum Hosenstall öffnete und einen rosafarbenen Pimmel mit Griff wie gelernt in zielgerechte Lage brachte. Wer das nicht glaubt, soll es probieren.

Das Kunststoffprodukt zapfte offenbar durch einen Patentgummiwulst als Saugverschluß das Pißlöchlein kunstgerecht an; denn täuschend ähnlich (und aus Distanz gesehen natürlich) pißte das Mäxchen lange gegen den Stamm, wobei sein Blick am Stamm vorbei über den See auf die vatertagsfeiernden Männerhorden am anderen Ufer gerichtet war. (Bei Winterwetter hätte das Mäxchen leicht ein großes M in den Schnee pissen können.)

Das brachte Spaß und Staunen. Fränki wollte das Wunderdings auch haben, anfassen, sich mit dem Saugverschluß draufstülpen, den dollen Hecht mal ausprobieren. »Mann! Wo haste den her? Was? Aus Dänemark? Für neunzehn achtzig nur? Muß ich haben, unbedingt haben.«

Wie ein Kerl stand Fränki, den Männerblick trüb in ferne Prärien verloren. Kein Neid auf die Stinkmorchel mehr. Nie wieder erniedrigendes Weibergestrull. Wie die tausend und abertausend Männer im Verhältnis zu hunderttausend anderen Kiefern pißte Fränki aufrecht in leicht schrägem Winkel gegen aufrechte preußische Bäume: Jawoll!

Als Siggi dran war, hatte sie sogar, während sie unten pißte, oben nach echter Männerart eine Flasche Schultheiß am Hals. Die Schlägermütze in den Nacken geschoben. »Vatertag! Vatertag!« röhrte das Mäxchen, und die Hirsche benachbarter Männergruppen, darunter die korporierten Studenten in vollem Wichs, antworteten brünstig.

Als aber Billy vom Feuer und der gewachsenen Glut kam und »Ich auch. Laßt mich auch mal« sagte, bekam sie nur väterliche Worte. »Das geht zu weit, Kindchen. Alles hat seine Grenzen. Nicht immer Wünschmirwas Wünschmirdas. Unsere Dickmadame hat doch versprochen, schön brav zu sein. Gibts denn nicht endlich was zu futtern?« Und Fränki rief: »Hunger! Hunger!« Worauf das Mäxchen zu singen begann: »Drei vier! Wir haaaben Hunger Hunger Hunger, haben Hungerhungerhunger, haben Hungerhungerhunger, haben wir ...«

Da blieb Billy, meiner armen, gekränkten und so tragisch frühgeprägten Sibylle, nichts übrig, als die gespeicherte Glut mit dem Feuerhaken vorzuziehen, den

Rost vierbeinig über die Glut zu stellen, vier mächtige, zuvor mit gestoßenem Pfeffer, mit Thymian und Öl eingeriebene Steaks vom Rind und sechs halbierte Hammelnieren, auf die sie gevierteilte Knoblauchzehen gedrückt hatte, eng bei eng auf die Roststäbe zu legen, daß es zischte, prasselte und seinen Duft steigen ließ, der sich mit der harzigen Grunewaldluft und dem Modergeruch des Sees mischte.

Wie der Koch Beil im schwedischen Feldlager war Billy geschäftig, als müßte sie zwölf Ochsen am Spieß gleichzeitig bedienen. »Grillieren ist Männersache. Sag ich ja immer: ausgemacht Männersache! Issen Urtrieb. Hat die Natur so geregelt.«

Nachdem sie die Steaks und halbierten Nieren gewendet hatte, legte Billy die grünen Paprikastreifen zwischen das zusammengeschnurrte und doch seinen Saft haltende Fleisch. Nur der Nierenseich tropfte in die Glut. Als Mäxchen, von Fränki unterstützt, wieder das langgezogene Hungerlied brachte – »Drei vier!« –, rief Billy: »Noch zwei Minütchen, ihr verfressenen Kerle. Gleich isses soweit.«

Sie aßen zu viert. Und wenn man sie die zu großen Happen kauen sah, das Kauwerkzeug blank, nicht mümmelnd zurückgenommen, aßen sie vier Mann hoch.

»Tja«, sagte kauend Fränki, »das war vor der Schlacht bei Wittstock. Wir hatten die lustige Hur in Weiberkleidern gefangen, war aber ein Bengelchen drunter, das sollte examiniert werden, hochnotpeinlich. Da begann schon das blutige Treffen…«

»Im ersten Schreck, und weil im Getümmel kein Aufpassen war, rettete ich mich auf einen Baum«, sagte das kauende Mäxchen, »und las Zeile nach Zeile in einem Buch, das ich dem Profoß geklaut hatte. Und in dem Buch stand genau beschrieben, was auf dem Schlachtfeld geschah: in Bildern und Worten.«

»So ist das mit der Wirklichkeit«, sagte zwischen erschreckenden Schneidezähnen die kauende Siggi. »Alles was ist, ist schon vorgeschrieben. Auch daß wir hier sitzen und Steaks kauen, war schon mal, und zwar gleich nach der Schlacht, als wir die Kaiserlichen über die Dosse und in die Sümpfe getrieben hatten. Stimmt's, Billy?«

»Ja«, sagte Billy kauend, »damals war ich Koch beim schottischen Regiment Lesley. Aber keine Steaks gab es, sondern Ochsen am Spieß. Und unser Mäxchen, das wir in Weiberkleidern irgendwo hoppgenommen hatten, kletterte, als das Hauen und Stechen vorbei war, mit seinem Buch, in dem alles vorgeschrieben stand, vom Baum und bekam auch ein Stück Ochsenbrust, weil das Kerlchen so mager war, aber lustig und Redensarten führte, die dem Volk vom Maul abgeschrieben worden waren: ein hergelaufener Troßbube, schelliger Narr und ein Simplex, wie er im Buche steht. Will immer die große Nummer schieben. Denkt sich im Kopfstand was aus. Hat Segelohren, der Bengel.«

Sagte ich schon: Das Mäxchen hat mich vertrieben. Die sperrige Latte, sinnwidrig auf den sanften Namen Susanne getauft. Das spirrige Ding, dem nichts anschlug: keine Schweineschmalzgriebe, nicht Brühe aus Rinderhesse gewonnen, keine Gänsekeule, kein heißes Hammelfett. Nichts konnte das Schlüsselbein polstern, die Wirbelsäule sanft betten. Seitdem das Mäxchen vom ekstatischen Ausdruckstanz wegstrebte und ins klassische Ballettexercise eingespannt war, sagte man seinem Körper Auszehrung und seiner Seele Heißhunger nach.

Deshalb hat meine Sibylle mich, die Zumutung Mann, aus unserer gemeinsamen Wohnung vertrieben. Nein, das Mäxchen hat mich vertrieben, hat meinen Platz eingenommen, hat meinen Schreibtisch und eingesessenen Sessel besetzt und hat mein Bett, das mit seinem Gestänge an Sibylles Bettgestell hing – wie auf ewig vergattert –, mit einer Eisensäge ritschratsch abgesägt.

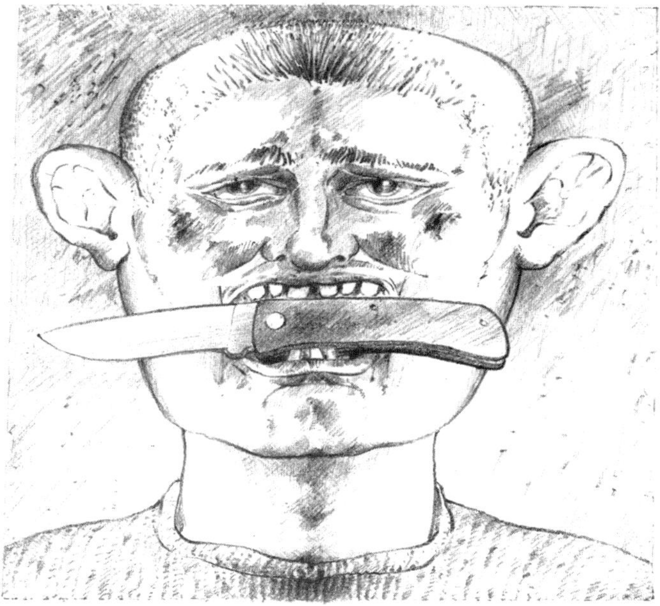

Ich bin dabeigewesen. Demonstrativ amputiert. Trennung von Tisch und Bett. Worauf meines beiseite geschoben, beschimpft, verdammt und bespuckt wurde. Das Kopfkissen, die Daunendecke, das Weißzeug, der Keilrahmen mit den Sprungfedern und die Matratze wurden, als habe ein Pestkranker das Laken zum Sterbelaken gemacht, gegen Trinkgeld der Städtischen Müllabfuhr ausgeliefert: »Weg mit dem Dreckskerl! Was brauchen wir den. Was der kann, hab ich im kleinen Finger.«

Erst dann rief das Mäxchen Handwerker ins Haus und ließ sich aus dem Gestänge meines ledigen und ganz zum Skelett abgemagerten Bettes ein rundgriffiges Langstück sägen, dessen Enden zu Halterungen gebogen und ins Mauerwerk gedübelt wurden. Fortan ist das Fragment meines Bettes Mäxchens Ballettstange gewesen. Zur asketischen Funktion umgedeutet. Ohne Erinnerung an mich und Sibylle, wie wir im gemeinsamen Doppelbett (zu Zeiten guter Marktlage) ein Fleisch gewesen sind. Nur noch die strenge Übung. Die klassische Schönheit. Das schweißtreibende Exercise. Mäxchen wollte ja zum Theater und wenn nicht Solo, dann Gruppe tanzen. Susanne Maxen, Mäxchen genannt, galt als begabt.

Und auch Billy (meine Sibylle) hielt sich für berufen, wenn nicht zur Darstellung anderer Rollen, dann doch zur Selbstdarstellung. Oft nach dem Essen, also auch, als überall Vatertag gefeiert und die innen noch roten, erst zum Schluß gesalzenen Steaks und die saftigen Hammelnieren vernichtet waren – es gab Schwarzbrot trocken dazu und Schafskäse danach –, hat Billy gesagt: »Mein Leben ist ein einziger Film.«

Weshalb jetzt jener Vatertagsausflug zum Grunewaldsee, den zwischen hunderttausend Männern Billy und Fränki, Siggi und das Mäxchen bis zum entsetzlichen Ende mitgefeiert haben, aus wechselnden Perspektiven erinnert werden soll: bäuchlings im zertretenen Gras, von besteigbaren Grunewaldkiefern herab, aus Büschen, vom glatten See aus, wie sie ein Grüppchen am Ufer zwischen anderen Grüppchen sind. Und auch bei den restlichen neunzigtausend und mehr Männern in Spandau, Britz und im Tegeler Forst, an Biertischen und rund um die anderen Seen, sollen Kameramänner dabeisein und draufhalten draufhalten. Überall getarnte Mikrofone, damit kein Gequatsche verlorengeht. Jetzt! Jetzt! Während der Mittagspause …

Nach sattem Rülpsen werden ewige Worte gesagt. (Das wollen wir festhalten und später zwischenschneiden.) Ein Bankangestellter, Mitte Vierzig, verkündet am Griebnitzsee überm gewesenen Schnitzel: »Aber so ist das Leben.« An einer Liedertafel des Gesangvereins Harmonia, unter Buchen in Britz, sagt nach dem Eisbein mit Kraut und Erbsenpüree ein pensionierter Oberlehrer zu seinen Sangesbrüdern: »Nur noch im Lied ist Freude.« Knapp nach der dritten Bockwurst am Teltowkanal zieht ein Maurerpolier Bilanz: »Jetzt ist die Welt wieder in Ordnung.« Und bei den Jungs in schwarzem Leder, die ihre Motorräder immer fahrbereit halten, sagt einer, der Herby heißt (und nachdem alle Pommes frites aus Tüten gefuttert haben): »Son Tag ohne Bumsen ist keiner.« Während Billy nahezu gleichzeitig ihren bedeutenden Satz – »Mein Leben ist wie ein Film!« – spendet.

Danach hängen sie ihren Gedanken nach, vom Mittag und seiner flirrenden Ruhe benommen. Pans Stunde. Paar Mücken hochgestimmt. Die Hüte, Mützen beiseite. Billy, Fränki, Siggi, das Mäxchen liegen jeder für sich – Billy auf einer Kamelhaardecke – und kauen Grashalme, rauchen, und das Mäxchen versucht, wie es in Spandau und Tegel von Tausenden versucht wird, einen Kaugummi zu zermürben. Die Gedanken, denen die vier mittäglich nachhängen, sind Gedanken, die in einem klassischen Western zum Konflikt zwischen Helden führen.

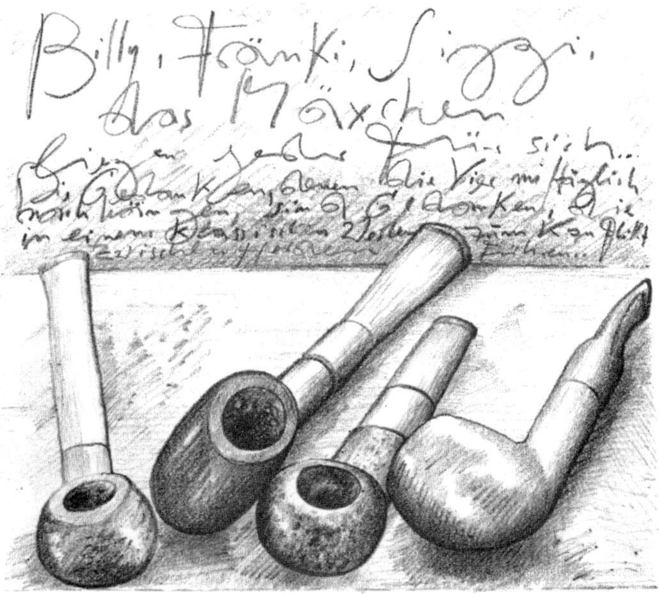
Billy, Fränki, Siggi,
das Mäxchen

Ob Siggi oder Fränki: Einer steht gegen viele. Ob Billy oder das Mäxchen: Sie schießen sich, Rücken gegen Rücken gestellt, aus der Falle. Viereinige Gedanken vereinigen die vier als siegreiche Vier. Sie streicheln die Einsamkeit des Überlegenen. Sie verachten die Mehrheit. Sie gehen lässig mit ihrer Sicherheit um. Denn in Gedanken ziehen sie allemal schneller. Sie überqueren den staubigen Platz. Sie machen schmale Augen, bevor sie den Saloon räumen. Alle vier an der Theke. Ihre Durststrecken. Beladen mit den Satteln krepierter Pferde. Ihre Art, dem korrupten Sheriff die Absätze von den Stiefeln zu schießen. Überhaupt, wie sie schießen: aus jeder Lage, auch aus komischer. Wie Siggi (nach langem Ritt durch die Salzwüste) eingeseift im Badezuber sitzt und sich dennoch durchs Handtuch pengpeng behauptet.

Und immer gibt es da einen milchigen Jungen, der Ärger macht, träumend im Wege, dusslig im Schußfeld steht und den Billy raushauen muß, auch wenn die Smithbrothers (Fränki und Siggi) dem zitternden Burschen (das Mäxchen) die Schlinge schon um den Hals gezurrt haben. Doch in Gedanken und Filmen, die niemals reißen, wird der gerettete Junge zum mageren, störrischen und komisch eckigen Mädchen in Hosen. Das kommt in Gedanken und Wahrheit raus, wenn die

Schußwunde ausgebrannt, die Pfeilspitze rausgeschnitten werden muß: kleine Brüstchen unter der Gänsehaut. Susanne heißt unser Mäxchen. Doch Billy verzichtet mannhaft auf einen Fick hinterm Busch. Beim Abschied nur rauhe Zärtlichkeit, der gutmütige Klaps auf den Spannarsch des Jungen im Mädchen: »Machs gut, Susan. Und paß auf dich auf!«

Dann wieder Einsamkeit im Sattel oder neben dem klapprigen Gaul durch Steppe und Wüste. Immer engere Kreise ziehen die Geier. Gerippe liegen beiseite. Stechfliegen oder Mücken bleiben als Plage verhängt. Gold, Frauen, denkt Fränki. Rache, denkt Siggi. Nur Billy will wieder ehrlich werden, nicht mehr töten töten müssen, sondern zu Hause in Kentucky auf dem weiten welligen Weideland Rinder züchten – »Komm doch mit, Mäxchen!« – und Pferde zureiten ...

Doch Fränki springt aus dem Film ans Ufer des Grunewaldsees, wo der Vatertag dösige Mittagsruhe hält, und schießt mit beiden Zeigefingern – Peng! Peng! – aus der Hüfte: »Ihr Hunde! Ihr hündischen Hunde!«

Nein, Billy, meine Sibylle, deren Leben ein Film ist, hat nicht nur in Wildwestfilmen ihre Hauptrolle. Billy ist auch als Bill zur See gefahren und hat Kabeljaufänge nach Island gebracht. Ein hartes Leben.

Oder in Kriegsfilmen: Billy war an mehreren Feldzügen aktiv beteiligt. Schon im Dreißigjährigen Krieg will sie, wenn nicht als Koch in einem schottischen Regiment, dann als Obrist unter dem schwedischen General Baner (gleich nach der Schlacht bei Wittstock) Schlesien zurückerobert, die Katholen vertrieben und als Kurier des Kanzlers Oxenstierna in der Hafenstadt Danzig jenen Dichter (und Doppelagenten) Opitz getroffen haben, dem eine Küchenmagd Schonkost gekocht und die letzten Jährchen versüßt hat.

Oder in Liebesfilmen: Sibylle Miehlau ist zu allen Zeiten als Mann unwiderstehlich gewesen. So will sie der hochgotischen Pilgerin Dorothea von Montau, als auf der Wallfahrt nach Aachen im Krug zu Putzig erste Rast gemacht wurde, den süßen Jesus ersetzt haben: als fahrender Student auf raschelndem Strohlager, immer wieder und nochmal. Natürlich muß das Mäxchen die zerbrechliche Dorothea in ihrer Inbrunst spielen.

Und ganz in Szene ist Billy in einem Film, der Vatertag heißt und mit dem Aufbruch der hunderttausend Männer beginnt: wie sie zu Fuß, bespannt, motorisiert Platz suchen, Feuerchen machen, Bier trinken, gegen Bäume pissen, abkochen, Stücke Fleisch kauen, Mittagsruhe halten und Gedanken nachhängen, die alle verfilmt sind.

Plötzlich ein Lüftchen. Die preußischen Kiefern räusperten sich. Unter der Asche des Lagerfeuers machte sich die Glut kleine Hoffnung. Es runzelte der Grunewaldsee seine Stirn. Als Boten der schwarzgelederten Rocker flogen am anderen Ufer sieben, elf Krähen auf. Woanders rührten sich Kiefern am Schlachten- und Griebnitzsee. Die Eichen im Spandauer Forst und in Tegels Mischwald erinnerten sich lebhaft. Gerüche wechselten das Quartier. Die Papierservietten der Ausflugslokale blühten noch einmal auf. Und nahe dem Dorf Lübars, wo die Deutsche Demokratische Republik mit Stacheldraht angrenzt, kannte das Lüftchen – es kam von drüben – ein einziges Deutschland nur. Als hätte der liebe Gott die Mittagsruhe des Himmelfahrttages, der in Berlin und anderswo als Vatertag gefeiert wird, mit einem mehr geatmeten als gesprochenen »Sooo« aufheben wollen.

Und auch Billy, Fränki, Siggi, das Mäxchen wurden aus ihren Gedanken und spannungsreichen Abenteuerfilmen gekippt. Sie sprangen auf ihre Ledersohlen. Das Mäxchen trug Jesuslatschen. Fränki steckte in Fallschirmjägerstiefeln. Siggi und Billy trugen gewöhnliches, wenn auch derbes Schuhzeug. Sie wippten alle vier in den Knien. Sie schüttelten sich Gedankenreste und Präriestaub ab. Sie ließen alle Glieder versuchsweise knacken. Sie machten Trippelschritte wie Sparringspartner oder Kurzstreckenläufer vorm Start.

Und auch am anderen Ufer wie an entlegenen Seeufern wurden die männlichen Gliedmaße gesammelt geschüttelt gestreckt: Mal sehen, was wir noch wert sind. Den alten Adam auf Vordermann bringen. Wollen doch nicht nur faul auf dem Sack liegen, süße Träume kleinlutschen, sozusagen außer Kurs sein. Nein! Was kostet die Welt?

»Sag mal, Siggi, ist denn nix los mit dir heute? Nu mach mal, Mäxchen! Ne richtige Vorzeige. Und Fränki? Das soll unser guter alter Fränki sein? Der Fuhrknecht und Höllenhund? Der Mann mit der eisernen Pranke? Los Jungs! Du auch, Billy! Hatte uns Billy nicht versprochen, die ganz große Sau loszulassen? Is doch Vatertag heute, Vatertag heute!«

Da begann das große, überall das ganz große, das noch nie dagewesene, wirklich sehenswerte, weil von Amateuren gebotene, dennoch profihafte männliche Kräftemessen. Ganz einfach: jeder zeigt, was er kann. Das war schon immer so und ist bei Olle Homer und Olle Moses, im Nibelungenlied und beim Kampf um Rom belegt. Nicht nur die Jugend der Welt, auch Opa schafft das, indem er tief unten ein Stuhlbein faßt und den Stuhl vom Boden eines Britzer Ausflugslokals hoch ins Buchenlaub hebt.

Das können viele: Biergläser, sorgfältig gekaut, auffressen. Wer beim Kommiß war, schafft hundert Kniebeugen freiwillig mit vorgehaltenem Benzinkanister (nur halbvoll). Das immer noch staunenswerte Laufen auf Händen. Was noch?

Soweit sich Männer verstreut gesammelt haben: bayerisches Fingerhakeln, gesamtdeutsches Tauziehen, ostasiatisches Freistilringen. Was jeweils Kraft Mut Geschick beweist. Denn das macht den Mann aus: der blutige Ernst im fröhlichen Spiel.

Drüben die schwarzgelederten Jungs zwischen den Motorrädern – »Daß die nicht schwitzen!« – bewarfen sich, gezielt scharf daneben, mit Extramessern: springende Klinge und so. Während den korporierten Studenten von nebenan – auch die wollten ihren Wichs nicht ablegen – nur immer das blöde Exsaufen einfiel, wobei sie stramm standen (immer mühsamer) und Trinksprüche schnarrten, altdeutsche und lateinische. Ein glatzköpfiger Herr, Mitte Fünfzig, jener allgemein bekannte Einzelgänger, der immer seinen kleinen Extraauftritt hat und dessen Glatze von einem viermal geknoteten Taschentuch geschützt wurde, hockte vorne links am Seeufer und setzte sich Blutegel, die er aus der

Grunewaldbrühe gefischt hatte, an seine traurigen Altmännerbeine.

Warum nicht? Der soll auch seinen Spaß haben. Schließlich leben wir in einer freien Gesellschaft, in der jeder sich Blutegel ansetzen kann, so viele er will.

Da nahm sich das Mäxchen die Freiheit, eine der preußisch gewachsenen Kiefern zu besteigen: Es sprang aus seinen Jesuslatschen, nahm nochmal Abstand und maß den auserwählten Baumstamm inmitten der Baumgruppe, sprang aber nicht den Stamm an, sondern ging federnd auf ihn zu, dabei die Finger spielerisch nach Raubkatzenart spreizend und krallend, um vor dem Stamm einige entspannte Sekunden der Sammlung und Besinnung, womöglich ein kurzes Gebet einzulegen; denn das katholisch herangewachsene Mäxchen hatte gelernt, in besonderen Situationen, zum Beispiel kurz vor der barfüßigen Besteigung eines hellgeflammten Kiefernstammes, den Heiligen Antonius um Hilfe anzugehen, weil das von unten leichter aussah, als es auf halber Höhe, wo jetzt das Mäxchen eine Pause einlegte, getan war: Fuß nach Fuß und Griff um Griff, wobei die Haut an den Fußkanten, in den Handflächen fetzte und nur der Harzduft der klebrigen Rinde die Mühe, Gefahr und den Schmerz entschädigte; auch halfen die Zurufe der Freunde Fränki und Siggi, deren rhythmischer Triebvers »Steht kerzengrade wie zur Parade« das Mäxchen nicht nur anfeuerte, sondern vorerst nur hintersinnig, doch kurz vorm knorrig gezausten Wipfel der phallischen Kiefer regelrecht Lust brachte, weshalb das himmelhoch verstiegene Mäxchen abermals eine Pause einlegen mußte: eng an den vibrierenden Stamm gegossen, bis es ihm ganz natürlich und geradezu weiblich kam: Achachachachach…

Danach machten die restlichen anderthalb Meter dem Mäxchen einige Mühe. Doch schließlich war es geschafft. Weit entrückt die Freunde. Beifall von unten. Diese komischen Figuren in ihrer lächerlichen Verkürzung. Die hatten natürlich was gemerkt und machten blöde Witze. Bißchen schwindlig war es dem Mäxchen schon, aber auch wohlig im schwankenden Wipfel.

»Na und!« rief es von oben nach unten. »Blasser Neid, was? Könnt ja auch, wenn ihr wollt. Stehn Bäume genug rum. Los, Billy! Du trübe Tasse. Hoch den Fettarsch. Klemm dir son Bäumchen zwischen die Schenkel. Rubbel dich hoch. Nu mach schon, mach. Oder willste ne Trine bleiben, Heulsuse, Pinkelemma, Lutschliese, Tittenmutti, Sparbüchse. Immer nur hinhalten hinhalten!«

Da kämpfte meine Sibylle schon wieder mit den wie selbsttätig kommenden Kullertränen, während das verstiegene Mäxchen hoch oben im Wipfel turnte, Irokesenschreie ausstieß, die ganz große kopfstehende Freiheit forderte, alles, was Frau war, ist und bleiben wird, zum ringsum behaarten Löchlein reduzierte und die dazu passenden Männer als Stöpsel beschimpfte: »Ich, Maximilian, bin das neue Geschlecht!« Laut rief das Mäxchen wipfelhoch in den fortgeschrittenen Vatertag: »Ich werde mir einen Sohn zeugen. Sohn zeugen. Der soll Emanuel heißen. E – ma – nu – el heißen!«

Das hörte sich hübsch an von unten, wenn auch ein bißchen schaurig und reif für Wittenau. »Komm runter!« rief Fränki und machte sich mit den beiden Feldsteinen zu schaffen, die Billy zur Feuerstelle gelegt hatte. Während das Mäxchen langsam und Fuß vor Fuß sichernd von seiner Himmelfahrtskiefer stieg, schleppte Fränki, links rechts beladen, beide Feldsteine zum Seeufer, um dort den einen, den anderen erstaunlich weit in den See zu stoßen. Mit vollendeter Steinstoßtechnik. Fränki, der Mann mit dem breiten Kreuz und den schmalen Hüften. Plumps und nochmal plumps machte der Grunewaldsee und ließ zweimal Kreise wachsen, die sich brachen, bis sie etwa das bedeuten mochten, was Fränki – wer weiß mit wem? – vorhatte; denn wenn das Mäxchen sich selbst genug zu sein schien, war Fränki

noch immer auf Partnerschaft angewiesen: zwei vom inzwischen heruntergekommenen Feuer noch einseitig erhitzte Feldsteine, die Plumps Plumps machten und ihre Wellenkreise mischten.

Die phallische Kiefer, die plumpsenden Steine. »Ihr mit eurer symbolistischen Kacke!« sagte Siggi und spuckte ihren zerkauten Brasilstumpen aus. »Und was hat das zu bedeuten? Hier, ein Hosenknopf. Da, Nadel und Zwirn. Etwa die fleißige Hausfrau? Irgendwo Schräubchen locker? Knöpfchen auf Suche nach passendem Knopfloch? Abwarten, sag ich. Nix Hokuspokus. Zeig ich euch. Aber Ruhe dabei.«

Und mit gleichmäßigen Stichen von außen nach innen, durch alle vier Löchlein, parallel überkreuzt nähte sich Siggi, ohne zu zucken und wie gelernt, den ordinären Hosenknopf an ihre linke Backe. Kein Tröpfchen Blut floß dabei. Nicht mal das Mäxchen riß Witze. Billy schwitzte vor Erregung, während Fränki auf den angenähten Knopf starrte, als habe mehr als nur ein Hosenknopf Halt an Siggis linker Backe gefunden.

»Na!« sagte Siggi, nachdem sie den von innen straff zwischen ihren großen und regelmäßig stehenden Schneidezähnen geführten Faden abgebissen hatte. »Na? Wie sieht das aus? Knopf an der Backe. Hat nix zu bedeuten. Is kein Symbol. Wertfrei sozusagen. Oder will hier vleicht jemand ein sinniges Gedichtchen von der verlorenen Liebesmüh aufsagen?«

Weil Siggi (wie später die feministische Anklägerin Sieglinde Huntscha) in jeder Lebenslage ein Gesicht von streng klassischer Schönheit zur Schau trug – griechische Nase, hohe Wangenknochen, kühngezeichnete Brauen über dem großgeschnittenen Raubvogelblick unter gemeißelter Stirn –, wirkte der Knopf an ihrer schmal zum Kinn laufenden Wange nicht komisch, sondern wie ein raffinierter Hinweis auf ihre (ohne Knopf) womöglich zu vollkommene Schönheit.

»Nicht übel«, sagte Fränki. Mäxchen bettelte: »Näh mir doch auch einen an. Bittebitte.« Doch als Billy »Phantastisch!« rief und von irgendwo her einen Taschenspiegel zauberte – »Guck mal. Steht dir phantastisch!« –, lehnte Siggi den eitlen Weiberkram ab. »Ich weiß, wie ich aussehe. Macht euch bloß nicht ins Hemd. Kleiner Scherz unter Freunden. Werd ich mir gleich wieder abschminken. Na, Billy, und was hast du uns zu bieten?«

Da beschloß meine arme Sibylle, die immer alles falsch gemacht hatte, nun als Billy etwas ganz besonders kraftvoll Männliches zu tun. Sie schlug vor, weil sie doch alle Freunde seien, eine Pyramide der Freundschaft zu bauen. Sie werde als Untermann die Basis stellen. Auf ihrer rechten und linken Schulter ertrüge sie gerne Fränki und Siggi. Das gymnastische Mäxchen möge sich, gelernt balancierend, auf die linke und rechte Schulter von Fränki und Siggi stellen und so die Pyramide krönen. Freilich wäre auch ein Handstand, den das Mäxchen hochoben vollzöge, erwägenswert. Doch müsse zuerst auf halber Höhe, also ohne Billy als Untermann, fleißig geübt werden. Allerdings bitte sie um barfüßige Besteigung. Und vielleicht könne man den einsamen glatzköpfigen Blutegelmann unten am Seeufer fragen, ob er so freundlich sein wolle, von der gelungenen Freundschaftspyramide mit Billys idiotensicherem Fotodingsbums ein paar Erinnerungen zu knipsen. Das sei doch immerhin was. Das sehe man sich hinterher gerne wieder mal an. Neinnein, sie schaffe das schon als Untermann.

So geschah es mit Unterbrechungen und Zwischenfällen. Das Mäxchen übte auf Fränkis und Siggis linker und rechter Schulter, während Billy zuschaute, den Handstand, bis es klappte. Fränki und Siggi zogen Stiefel und Schuhe aus. Das Mäxchen lief zum See und fragte den vereinzelten Glatzkopf, ob er paar Aufnahmen knipsen wolle. Der wollte und zog sich die letzten Blutegel ab. Mit gespannten Schenkeln und Knallwaden ließ sich Billy von Fränki und Siggi, wobei das Mäxchen Hilfe stellte, nacheinander besteigen. Aber dann, plötzlich launisch, weigerte sich das Mäxchen, die Pyramide zu krönen. Das sei doch alles Quatsch und eine ausgemachte Furzidee. Außerdem lasse sich das Mäxchen nicht von einer Trine Vorschriften machen. Wo komme man da hin. Lieber wolle es noch einmal die langstämmige Kiefer rauf.

Also stieg Fränki von Billys linker Schulter, während Siggi rechts die Position hielt. »Entweder du spurst, oder es setzt was!« schrie Fränki.

Doch das Mäxchen maulte: »Nix hast du mir zu sagen. Mach, was ich will.«

Da bekam das Mäxchen linksrechts von Fränki eins zwei geschallert: Zackzack! »Wirste nun? Immer noch nich? Zack zack! Besser jetzt? Oder noch was gefällig? Na also.«

Schließlich stand das Mäxchen weinend auf Fränkis und Siggis Schulter, die beide auf den Schultern meiner armen und aus Mitleid mit dem geohrfeigten Mäxchen weinenden Sibylle standen. Fränki und Siggi blickten grimmig. Den Handstand wagte das Mäxchen nicht. Aber auch so wurde es ein gelungenes Foto, das der hilfswillige Glatzkopf nach zwei verwackelten Aufnahmen machte. Siggi hat das Foto der Pyramide der

Freundschaft später, als sie keine Hunde mehr züchtete und freiberuflich tätig war, riesengroß vergrößern lassen und an eine ihrer Mansardenwände gepinnt.

»Verdammt noch mal!« sagte die Anklägerin Sieglinde Huntscha, wenn sie nach der Bedeutung des grobkörnigen Großfotos gefragt wurde. »Das alles und noch mehr hat unsere Billy ertragen müssen.«

Natürlich wurde die Freundschaftspyramide, der Billy den Untermann gestellt und die das Mäxchen, auf Fränki und Siggi fußend, gekrönt hatte, weil sie am Vatertag glücklich getürmt (und geknipst) wurde, nicht nur von der benachbarten Gruppe korporierter Studenten in vollem Wichs gesehen, sondern fiel auch am anderen Ufer des Grunewaldsees auf, wo die schwarzgelederten Jungs ihre scharfen Messerspiele beendet hatten und endlich mal was erleben wollten.

Ich weiß nicht, ob die studierten Säufer sich einer sogenannten schlagenden Verbindung zurechneten, ob ihre Korporation Teutonia, Saxonia, Thuringia, Rhenania, Friesia oder nur schlicht Germania hieß. Ich habe auch keine Lust, in einschlägiger Literatur nachzulesen, welche Aufgaben, Pflichten und Rechte Burschen und Füchse haben. Schmisse vom Mensurenschlagen hatten die Bengel keine. Dickliche und langaufgeschossene

Figuren, von denen einige Brillen trugen. Jedenfalls kamen sie näher, als noch die Pyramide stand und gerade geknipst wurde. Und auch die schwarzen Engel vom gegenüberliegenden Ufer hatten zwei motorisierte Kundschafter geschickt, die allerdings zu spät auf der Seeuferböschung Position bezogen: Die Freundschaftspyramide hatte sich aufgelöst. Nie wieder sollten die vier so getürmt sein. Nie wieder hat ihre Freundschaft einen soliden Untermann gefunden. (Ach, Mäxchen, was ist aus dir geworden? Macht irgendwo – glaub in Wiesbaden – Krankengymnastik. Und Fränki? Ist in Hamburg ganz groß ins Immobiliengeschäft eingestiegen. Und Billy? Ach Billy! Einzig Siggi ist mir noch habhaft mit ihren Anklagen ohne Maß …)

Dennoch befanden sich die korporierten Teutonen oder Rhenanen, angedunt wie sie vom Exsaufen waren, immer noch auf dem Vormarsch, während die schwarzen Engel auf Motorrädern, denen kein Zubehör fehlte, wie versteinert sitzen blieben. Die Saxonen quatschten dumm; die Schwarzgelederten sagten kein Wörtchen.

»Großartig! Phänomenal! Ganz exorbitant!« rief ein Teutone mit Brille.

Ein anderer rief: »Da capo! Da capo!«

Worauf alle korporierten Studenten die Freundschaftspyramide noch einmal getürmt sehen wollten.

»Meine Herren, wenn es nicht zuviel verlangt ist, würden wir gerne dieses ungemein extraordinäre Spektakel noch einmal sehen wollen.«

Aber Fränki winkte ab: »Is nich. Feierabend. Macht mal rüber zu euch, Jungs. Wir sind hier für uns.«

War es Instinkt, war es Erkenntnis? Hatte meine mollige Billy ihnen den Star gestochen? Plötzlich das böse Wort: »Aber das sind ja. Unerhört! Eine Zumutung! Weiber! Ganz ordinäre Weiber! Will man uns nun auch den Vatertag durch Obszönitäten blessieren?«

Und ein dickes Semester mit Brille zwängte sich in die Rolle des Sprechers: »Meine Damen – oder was immer Sie sind. Ihre Anwesenheit allgemein und insbesondere auf diesem heute ausschließlich dem Vatertagsvergnügen vorbehaltenen Terrain wird von uns mit Abscheu und Protest, jawohl, mit Protest vermerkt. Man darf wohl von einem Skandal sprechen. Fern aller sittlichen Norm geht hier Ungeheuerliches vor. Nicht daß wir ausgemachte Weiberfeinde wären. Im Gegenteil. Ganz im Gegenteil. Sind doch die Frauen, wie schon Goethe sagt, silberne Teller, auf oder in die wir Männer sozusagen goldene Äpfel legen. Aber heute – und bei allem Respekt vor Ihren circensischen Darbietungen – gilt das nicht, meine Damen. Das verstößt

gegen jedes Prinzip. Hier muß unsererseits ein deutliches Machtwort gesprochen werden. Bevor Sie diese Gefilde umgehend räumen, müssen wir um eine Erklärung bitten.«

Da standen schon Fränki, Siggi, Billy und das Mäxchen abwehrbereit. Fränki hatte den Feuerhaken gefaßt. Siggi drehte ihren Siegelring, dem zur Handfläche hin ein kurzer und stumpfer Dorn wuchs, nach außen, so daß er zum Schlagring wurde. Das Mäxchen bewaffnete sich mit dem vierbeinigen Eisengrill. Nur Billy stand mit bloßen Händen, doch wortgewaltig gegen die korporierte Übermacht: »Was muß ich hören? Platzverweis? Ihr wollt uns? Daß ich nicht lache! Männer? Ihr krummen Hunde wollt Männer sein? Mit Komplexen gepfropfte Hinterlader seid ihr. Nicht abgenabelt. Am Fließband gefertigte Ödipusse. Hat euch Mutti etwa die Brust verweigert? Habt ihr als Säuglinge nicht genug nuckeln dürfen? Hat man euch schreiend in eurer Pisse blaurot werden lassen? Gab man euch Streicheleinheiten zu wenig, draufgezählt Schläge zuviel? Und du, mein Bürschchen! Ja du! Warst du im Hemdchen bibbernd dabei, hast durch den Türspalt gelinst, als Vater und Mutter Schreckliches taten? Hat dich oder dich ein Hündchen geleckt? Und du? War dir dein großer Bruder, die kleine Schwester, der Fratz, im Weg, einfach immer im Weg? Los! Wir tauschen Komplexe. Ein paar hab ich doppelt.«

Sie wichen zurück. Mit und ohne Brille traten sie hinter sich. Kein Schlagring, Eisengestell oder Feuerhaken drängte die korporierten Studenten vom Schlachtfeld, sondern Billys direkte Ansprache, ihr Auswurf: »Schnellwichser! Wichsbengel!«

Und als meine Sibylle plötzlich kehrtmachte, sich die knapp sitzenden Jeans runterpellte und mit gezielter Vorzeige den Teutonen oder Rhenanen ihren venusweißen Arsch wies, dem auch sogleich ein Furz entfuhr, ergriff die Saxonen und sonstigen Germanen heilloser Schrecken: Sie entwichen in vollem Wichs und verloren dabei zwei drei Brillengestelle und ein Kommersbuch, aus dem das Mäxchen später Studentenlieder sang: Gaudeamus igitur und so weiter …

Gab das ein Gelächter! Fränkis wiehernde Fuhrmannslache. Siggi zeigte beim Lachen beide Zahnreihen geschlossen. Das Mäxchen wälzte sich glucksend und preßte die Oberschenkel gegeneinander, wie es sonst nur Pipimädchen tun. Breitbeinig stand Billy und schickte dem Feind Lachsalven nach. (So hatten sie bei der Jagd auf heidnische Litauer und Pruzzen als deutschherrische Ordensritter gelacht: damals im Winterlager zu Ragnit.

So hatten sie als schwedische Reiter den fliehenden Kaiserlichen nachgelacht: damals bei Wittstock, als die Papisten allesamt in den märkischen Sümpfen hopsgingen…)

Eine trockene, sich selbst infizierende Lache. Und womöglich wirkte das Gelächter der vier Helden fernwirkend ansteckend, denn auch vom anderen Seeufer wehten Lachfetzen. Überall an den Seen, unter Bäumen, vereinsstark an Tischen wurde gelacht, wenn auch aus anderen Gründen. Humor stand auf der Tagesordnung. Herzhaftes Männerlachen. Schenkel- und Schulterklopfen. Mal richtig so wieder aus voller Brust. Verschluck dich nicht, alter Junge. Ist ja zum Totlachen. Ich lach mich kaputt. Über Witze, zum Beispiel knallharte Männerwitze. Kennste den? Was ist der Unterschied zwischen… Kleinfritzchen sieht, wie sein Vater im Ziegenstall… Graf Bobby hat ein entzündetes Auge… Der Moses trifft den Abraham im Puff… In der Hölle begegnen sich Hitler und Stalin… Da sagte Kleinfritzchen… Aber Moses, sagte Abraham… Ach, wenn es nur das Auge wäre, rief Graf Bobby… Also die Kaffeebohne unterscheidet sich dadurch… Na, wenn ich das gewußt hätte, sagte Hitler zu Stalin… Aber da kann doch die Ziege nicht für, sagte Kleinfritzchens Mutter…

Doch so laut, verhalten, herzhaft und tränentreibend die zehn-, nein hunderttausend Männer ihren Vatertagshumor bewiesen, jene zwei schwarzen Engel, die auf ihren überzüchteten Motorrädern zu Zeugen des großen Gelächters wurden, wollten nicht lachen, mitlachen oder auch nur ein kleines verhuschtes Lächeln aufsetzen. Denen löste keine Pointe das Häkchen. Absolut nichts fanden die komisch. Kein Witz wollte ihnen einfallen. Denen stand Ernst im Gesicht geschrieben. Aufmerksam, als sei das berufliche Pflicht, hatten die beiden in ihrem Schwarzleder den Disput mit den korporierten Studenten registriert: jedes Scharfmacherwort. Die unerhörten Beleidigungen. Wie die männliche Würde verletzt wurde. Billys nackter Arsch, vor dem die Studentchen geflohen waren, hatte sich den beiden – Herby hieß einer, der andere Ritschi – tief eingeprägt: na, wie ein Siegel oder Brandzeichen.

Und kaum war das Gelächter abgeebbt – nur das Mäxchen gluckste noch –, heulten, fauchten und knatterten schon wieder die beiden Motorräder. Nach demonstrativer Schleife über die Seeuferwiese und gekonntem Slalomfahren zwischen den preußischen Kiefern brausten die Zeugen ab, um am anderen Seeufer unerhörte Meldung zu erstatten.

»He, Jungs!« rief ihnen Billy nach. »Warum denn so eilig?« Als aber die Männer rund um den Grunewaldsee, am Wannsee, im Spandauer und Tegeler Forst sich selbst und anderen gezeigt hatten, was sie konnten (Glasfressen, Steinstoßen, Tauziehen, Bäume raufrunter, Schmerzen ertragen und große Lasten über sich heben), als am Vatertag, der auf Himmelfahrt fällt, in Lübars und Britz, überall im Grünen, als das Gelächter der Männer – leistungsstolz – seinen Höhepunkt feierte und alle sich gründlich ausgelacht hatten – selbst das Mäxchen konnte nicht mehr –, stellte sich Fränki vor eine keusche Birke, die mit paar anderen Jungbirken zwischen den Kiefern stand, und lachte, verlachte alles, aber auch alles, sogar sich selbst in seiner absoluten Größe, bis er die keusche Birke kahlgelacht hatte. Der alte Fuhrknecht und Veteran aller Kriege (er war bei Tannenberg, Wittstock und Leuthen dabei) konnte Birken kahllachen.

Zehn Schritt nahm Fränki Abstand, so daß er das Bäumchen ganz im Schußwinkel hatte. Er schoß Lachsalven gezielt und streuend. Er zog seine große zynische Lachnummer ab. (Nichts war ihm heilig.) Er befahl dem frischen, noch maigrünen Laub einen frühen Herbst und Blätterfall und entlaubte, als Billy, Siggi, das Mäxchen »Mehr! Noch mehr!« schrien, die restlichen rumstehenden Birken, die letzte nur halb, denn inzwischen war das Gelächter überall zwischen Spandau und Tegel und rund um den Grunewaldsee in männliche

Trauer umgeschlagen, wie das so üblich ist: aus einem Extrem ins andere.

Alles, auch die haushohe Leistung, was eben noch staunenswert war und fotografiert werden wollte, stieß bitter auf, schmeckte säuerlich nach und hatte (selbst der ganz eindeutige Triumph von vorhin, als die Studentchen Reißaus nahmen) den Beigeschmack der Sinnlosigkeit. Das Nichts schlug durch. Vatertagselend färbte die geröteten Bäckchen der Herren aschgrau, wo auch immer sie im Grünen abgeprotzt hatten. Bleihaltige Schwermut war jedem Schluck Bier beigemengt. Weltekel. Gallebitter stieß Existenz auf. Aus Urgründen lösten sich Seufzer, stiegen treppauf, drängten ans Licht: fahle Flaschengeister, die den strengen Kiefernd duft der preußischen Wälder nicht lange ertrugen, denn sie platzten, zerflossen und schlugen wie Mehltau nieder, was die Vatertagsmänner auch nicht fröhlicher machte.

Immerhin lösten sich jetzt die Zungen. Man sprach sich aus. Das jahrhundertelange Elend wurde – man war ja unter sich – eingestanden. (»Sei mal ehrlich, alter Junge. Das kann man nur schonungslos auf den Tisch legen. Da hilft kein Schminken. Da hilft nur Offenheit, radikale Offenheit.«) All die Niederlagen, historische und gegenwärtige, in eine lange Latte gekerbt. Aufgespulte Versäumnisse, die abgespult fadenreich genug waren, um dem Mann, der kategorischen Größe, das Totenhemd zu besticken.

»Wir sind doch fertig«, sagte Siggi, »restlos verbraucht. Mit uns ist kein Blumentopf mehr zu gewinnen. Will man sich nur noch nicht eingestehen, als Mann, daß wir ausgedient haben. Vor der Geschichte, die unsere Sache, die einzig Männersache gewesen ist, sind wir gescheitert. Oder politisch gesprochen: Wir verwalten nur noch die Konkursmasse. Die immer noch einmal verschobene Krise. Um Schlimmeres zu verhüten. Die atomare Abschreckung. Na, und die Mauer? Ekelhaft. Alles ekelhaft!«

Und Fränkis Bilanz »Seit Ende der Steinzeit, als mit Kupfer, Bronze und Eisen die Zukunft losging, haben wir Männer nur noch Scheiße gebaut!« stand wie mit Rauchschrift in den Himmel geschrieben. »Versager! Wir sind Versager!«

Sogar das Mäxchen gab zu, mit dem maskulinen Latein am Ende zu sein: »Manchmal zweifel ich wirklich, ob das richtig gewesen ist, für alles, aber auch für jedes Problemchen die volle Verantwortung zu übernehmen. Das überfordert den Mann. Und zwar jeden auf Dauer. Sollen die Weiber doch mal. Werden schon sehen, was das heißt: für alles und nichts strammstehen müssen. Ich jedenfalls hab das satt. Mir fällt nichts mehr ein. Könnte ne Pause brauchen. Mal fünf sechs Jahrhunderte lang von mir aus abhängig, aber versorgt sein. Ist doch ne Sache: Frauchen zu spielen und sonst nix. Nur mit den Wimpern klimpern und die Fotze hinhalten. Ab und zu mal ein Kindchen kriegen. Sich auf Muttertag freuen. Romane schmökern und nebenbei die Geschirrspülmaschine bedienen. Wär dassen Fest!«

Da sagte Billy: »Kannste gleich mit anfangen, Mäxchen. Hilft ja nichts, das Gejammer. Liegen noch immer die Teller unabgewaschen rum. Los, mach mal, hopp. Mit Sand und Seewasser. Ihhh, alles voll Ameisen. Na gut, ich helf dir und trockne ab.« Und Billy hatte sogar (fürsorglich) ein Küchenhandtuch kariert im Freßkorb auf Abruf liegen.

Aber das Mäxchen wollte nicht. Und Geschirrabwaschen schon gar nicht. Oder noch nicht. Nicht in diesem Jahrhundert: »Laß doch die Ameisen. Die kriegen das schon hin. Die haben schon größere Teller geputzt. Außerdem muß ich nachdenken. Na, über alles und über den Sinn.«

Doch als Billy auf Abwasch bestand und »Nachdenken kannste später, mein Sohn!« sagte, erwachte Fränki aus brunnentiefer Schwermut und sagte aus genauso abgründiger Gewißheit: »Was heißt hier: Mein Sohn? Wenn überhaupt einer von uns, dann bin ich Mäxchens

Vater. Und um auch das klarzustellen: mein Sohn wäscht nicht ab. Und am Vatertag schon gar nicht.«

»Genau«, sagte das Mäxchen zu Billy. »Mein Pappi heißt Fränki. Und du bist und bleibst ne Trine. Los! Wasch schon ab den Mist. Und stör uns nicht.«

»Aber«, sagte Billy, schon wieder den Tränen nahe, »ihr könnt mich doch nicht einfach immer nur rumschubsen und zur Minna machen. Ich koch und mach und tu. Aber das heißt doch nicht, daß immer nur ich. Bin doch nicht euer Wischkodder. Ich will gleichberechtigt mit euch. Hab doch auch meinen Stolz.«

Da sagte Siggi: »Wie die Weiber. Streiten genau wie die Weiber. Dachte, das haben wir hinter uns. Entweder sind wir nun alle vier oder keiner. Denk, wir wollen Vatertag feiern – und zwar friedlich. Verstanden!«

»Genau«, sagte Fränki mit Strenge zu Mäxchen. »Hörst du, mein Sohn!«

»Aber dann dürft ihr aus mir auch keine Trine mehr machen wollen«, rief schluchzend Billy.

»Bist aber eine. Ne richtige Tränentrine!« schrie das Mäxchen. »Schluchz schluchz! Tropf tropf!«

»Du bist wohl nicht mehr zu retten!« sagte Siggi und knallte dem Mäxchen eins zwei links rechts. Worauf Fränki brüllte: »Meinen Sohn schlage ich, verstanden! Nur ich!« und trat Siggi gegen das Schienbein. Worauf

Worauf Fränki brüllte:
"Meinen Sohn schlag ich, verstanden!"
"Du bist wohl nicht mehr zu retten!"
sagte Siggi und knallte
Billy
ins verheulte Gesicht spuckte.

das Mäxchen, während Siggi in Richtung Fränki eine rechte Gerade landete, Billy ins verheulte Gesicht spuckte. Worauf Billy mit beiden Pfoten dem Mäxchen in die Stoppelhaare ging. Und schon war die Schlägerei perfekt wie damals, als nach der Kapitulation der Sachsen in Pirna die Beute geteilt werden sollte und Fränki sich mit Siggi um einen Karton Konfekt prügelte, in dem viel später die westpreußische Gesindeköchin Amanda Woyke ihre Korrespondenz mit Graf Rumford – dem Spinner – aufbewahrt hat. (Und auch bei anderer historischer Gelegenheit – gleich zu Beginn der Völkerwanderung – hatte es wegen nichts Krach gegeben, bis nur noch die Fäuste ...)

Aus ziemlichem Abstand – einen Steinwurf – guckten die Studenten in vollem Wichs zu. Auch waren schon wieder zwei schwarzgelederte Boten auf Motorrädern in Rufweite. Mäxchens Nase blutete echt. Siggi schlug Fränki ein Veilchen. Fränki kugelte Siggi den rechten Arm aus. Doch am meisten Kloppe bekam Billy, denn als sich Siggi, Fränki, das Mäxchen schon wieder vertrugen und einander die Nasen putzten, den Arm einkugelten, das Veilchen kühlten, heulte die mollige Dickmadame immer noch Rotz und Wasser, was die beiden Motorradfahrer als Botschaft rund um den Grunewaldsee trugen. (Daß auch an anderen Orten, wo überall der Vatertag seinen männlichsten Ausdruck suchte, harmlose Rempeleien, aber auch ernsthafte Tätlichkeiten stattfanden, gab tagsdrauf der Polizeibericht bekannt: Hundertzwölfmal wurden die Einsatzwagen per Funk gerufen. Es kam zu Sachschaden. Siebenundachtzig Verletzte wurden gezählt, darunter neunzehn schwere Fälle und ein Todesfall…)

Oh, ihr Krieger um der Sache willen. Ihr Träumer, die ihr vom Ernstfall träumt. Ihr Helden, immer bereit, den Tod euch vorzudatieren. Ihr Streiter aus Gerechtigkeit. Ihr Sieger über das Leben. Angreifer und Verteidiger. Ihr todverachtenden Männer.

Da überkam die Kämpfer große Müdigkeit. Und auch an anderen Orten wollten die zehn-, die hunderttausend Männer, weil sie sich ziemlich abgestrampelt hatten, mal kurz ein Nickerchen machen. Fränki schnarchte als erster. Dann schlief, auf dem Bauch liegend, alle vier Glieder gestreckt, Siggi ein. Weil aber Billy nicht aufhören konnte zu schluchzen, setzte sich das Mäxchen zu ihr und sagte: »Nu schlaf mal was, Dickmadame. Haben dich ganz schön gezaust, was? Was fängste auch an mit dem blöden Abwasch. Hättste Pappteller mitnehmen sollen. Wenn es noch ne richtige Sache wäre. Achgottachgott. Immer noch ein paar Kullerttränchen. Nu penn doch endlich. Oder sag: Die können mich mal! Oder denk dir was Schönes aus. Oder ich erzähl dir zum Einschlafen was. Die Geschichte aus uralter Zeit, als alle Weiber drei Titten hatten. Oder was anderes. Zum Beispiel die Story vom Butt … «

War mal ne Dickmadame. Die hieß, na wie hieß die schon: Ilsebill. Und die hatte nen Kerl, der hieß Maxe. Sie saß immer zu Haus und lackierte sich die Fingernägel grün. Er angelte immer nach Feierabend draußen an der Hafenmole. Und während Max angelte und angelte, lag seine Dickmadame, nachdem sie ihre Fingernägel grünlackiert hatte, alleine in ihrer Furzmulde und wünschte sich mal diesen, mal jenen Kerl ins Bett.

Da biß eines Feierabends, als Maxe mal wieder an der Mole angelte, ein Butt an. Das ist ein Plattfisch. Dem stehen die Glubschaugen schräg zum blubbrigen Maul. Der kommt im Märchen vor. Deshalb konnte der Butt sprechen und sagte zu Maxe: »Setz mich frei, denn kannste dir was wünschen.«

Da nahm Max den Butt vom Haken, schmiß ihn ins Meer, daß es klatschte, und sagte: »Och, Butt. Meine Ilsebill, die sone richtige mollige Dickmadame ist, will immer nur knutschen und knuddeln, bumsen und durchgebumst sein, mal mit dem, mal von dem. Mit mir hat sie nie genug. Immer will sie von nem Kerl, der nich ich bin, gestoßen werden. Meine Morchel stinkt ihr. Was mach ich bloß, mach ich bloß?«

»Mit was fürn Kerl will sie denn?« fragte der Butt und guckte querläufig aus dem Wasser.

»Zum Beispiel mit nem Feuerwehrhauptmann in Uniform«, sagte der Angler Maxe und blickte über die glatte See; er angelte nämlich in der Ostsee.

»Bist schon einer mit Knöpp und mit Tressen«, sagte der Butt und tauchte.

Da stieg das Mäxchen uniformiert zu seiner Ilsebill ins Bett und nahm sie zwischen, daß ihm die Knöpp absprangen. Und das so lange, bis Ilsebill den Hauptmann satt hatte und mit ihren strammen Beinchen zappelte, wobei sie jammerte jammerte: »Ach, hätt ich doch nen richtigen Staatsanwalt drin.«

Da machte der Butt aus Maxe, als ihn Max aus der leicht gekräuselten See rief, einen Staatsanwalt in Robe, mit Hornbrille und schwarzem Deckel drauf. Und als Ilsebill auch dessen Stinkmorchel nicht mehr riechen konnte und sich einen echt neurotischen Anarchisten in die Federn wünschte, legte der Butt ihr einen mit Strumpfmaske getarnten Terrormaxe samt tickender Bombe ins Bett; da machte die Ostsee schon kleine, kurzatmige Wellen.

Das flutschte auch eine knappe Woche lang, weil Ilsebill den Typ »irrsinnig interessant« fand. Doch als sie endlich begriffen hatte, daß auch Terroristen nur zwei Eier im Sack haben, sagte sie: »Möcht mal wissen, was an dem Typ besonders sein soll. Quasselt mittendrin immerzu Politik und denkt was ganz anderes. Nu wünsch ich mir nen stinkreichen Präsidenten zum Maßnehmen und Abgewöhnen.«

Da ließ der Butt Maxe, der ihn bei Windstärke fünf bis sechs gerufen hatte, als Bundesbankpräsident in einem silberblauen Mercedes bei Ilsebill vorfahren. Der Präsident war überall, auch um den Schwanz rum, graumeliert. Als Ilsebill auf ihre mollige Art den Kapitalismus bewältigt hatte, wollte sie nun, nach nur kurzem Zwischenspiel, von einem bierärschigen Gewerkschaftsfunktionär und – während Sturmböen die Ostsee gefährlich machten – endlich von einem drahtigen Filmstar, und zwar live und voll ausgeleuchtet, zwischengenommen werden.

Da schrie der Butt bei Windstärke zehn: »Deine Ilsebill kriegt wohl das Loch nicht voll. Immer mehr! Immer mehr!« Trotzdem machte er, ziemlich lustlos, aus dem Gewerkschaftsboß Maxe einen richtigen Belmondo, der, während die Kamera surrte, im Hechtsprung (vom Schrank) unserer Ilsebill ins Himmelbett segelte, wo er sogleich dolle Fleisch-, Beiß- und Aufreißszenen abriß, mit Einblendungen anderer Aufreißszenen aus anderen Filmen.

Doch als Ilsebill auch den, bis er wirklich komisch wurde, leergemolken hatte, schrie sie nimmersatt: »Nu will ich nen Symphoniker mittem Taktstock mittendrin haben!« Danach trompetete sie das Schicksalsmotiv.

Da seufzte der Butt, als ihn Maxe, schräg gegen den Orkan stehend, gerufen hatte, meerestief, machte aber aus ihm im Handumdrehen einen Topdirigenten, der alles auswendig dirigieren konnte. Als aber Ilsebill auch den, nach dreimal da capo, vernascht hatte, weinte die Dickmadame paar Kullertränen und jibberte: »Immerzu Interpreten. Nichts ist mehr original. Alles aus zweiter Hand. Nu soll mich mal Olle Beethoven von vorn und hinten geigen.«

Doch als ihm Maxe erschöpft Bericht gab, rief der Butt aus seinem entfesselten Element heraus: »Jetzt ist genug! Was zuviel ist, ist zuviel. Hände weg von unseren Klassikern. Von heut an kriegt sie nur noch – und ewiglich – ihren Max schlecht und recht verpaßt. Jeden Sonnabend nach dem Angeln.«

Sogleich hörte das Unwetter auf. Bald lag glatt und harmlos wieder die See. Und große Federbettwolken segelten über den Himmel.

So mußte sich Ilsebill mit ihrem Maxe abfinden. Fortan lebte sie nur noch von Erinnerungen. Die waren aber angenehm …

Das sagte das Mäxchen zu Billy, die unter seinen Worten eingeschlafen war. Getrocknet hatten die Kullertränen bißchen Salz hinterlassen. Fränki schnarchte noch immer wie ein kanadischer Holzfäller. Gestürzt – ein gefallener Engel – lag Siggi bäuchlings. Das Mäxchen kuschelte sich an die mollige Dickmadame und beschloß kurz vorm Einschlafen: »Ich will ihr ein Kind machen, Kind machen, Kind machen …«

Auf dem Sandhügel, zwischen den preußischen Kiefern, saßen auf ihren Motorrädern zwei Schwarzgelederte und überschauten ernst die friedliche Szene.

Was im Tiefschlaf wummert. Träume im Schleppnetz. Alles ist wirklicher und findet verzögert statt. So träumte ich kürzlich: Ich bin eine hochschwangere Frau, die vor dem Hauptportal des Kölner Doms, zu Füßen der Türme, nachmittags, während der Hauptgeschäftszeit, mit einem Mädchen niederkommt, das gleichfalls schwanger ist – meine Ilsebill – und knapp nach mir aus schwieriger Steißlage einen Knaben gebiert, der jedoch buttköpfig ist: schiefmäulig glubschäugig quersichtig.

Aus der Hohen Straße und vom Hauptbahnhof kommen Passanten mit Einkaufstaschen gelaufen, umstehen unsere Doppelgeburt und rufen: Ein Wunder! Ein katholisches Wunder! Worauf der buttköpfige Sohn meiner Tochter aus mir zu den Passanten spricht. Er erklärt ihnen den Sinn des Lebens, die weltpolitische Lage, Preisschwankungen bei Grundnahrungsmitteln und die Notwendigkeit der Steuerreform. »Kurzum«, sagte er, »wir leben auf Kosten ... «

Als Fränki erwachte, war es Mäxchens Ruf gewesen – »Ich will einen Sohn zeugen!« –, der zuerst Fränki und gleich darauf Siggi aus dem nachmittäglichen Vatertagsschlaf riß; denn auch Siggi und Fränki hatten, wie das Mäxchen, den großen, eindeutigen, jede Nebenhandlung löschenden, nur auf sich bestehenden Zeugungstraum gehabt, der tiefer wummert als je gedacht und dessen urdumme Kraft sich auch dort steilt, wo die Natur nichts geplant hat.

Doch so unbekümmert um ihre Beschaffenheit alle drei geträumt hatten, nur dem Mäxchen war der fordernde Ruf nach dem Sohn, der gezeugt sein will, aus dem Schlaf in den frühen Abend hinein gelungen, so daß nicht nur Fränki und Siggi geweckt wurden und zeugungswütig »Ja! Ja!« riefen, sondern hell angestoßen das Mäxchen sich selbst aus dem Schlaf brachte mit seinem Trompeterwillen, während Billy, der mollige Engel, wie ahnungslos schlummerte, obgleich alle drei, der Fuhrknecht Fränki, der Held Siggi und die Stahlfeder Mäxchen, Vater sein wollten aus ihr: Sie war der Nährboden. Ihre umkrauste Möse sollte dreimal heimgesucht, ihr Fleisch beschattet werden. Die Dickmadame war gemeint. In Billy wollten sie ihr Kapital anlegen. In ihr sich fortwuchern. In ihrer Körperlichkeit gründete dreimal Hoffnung auf einen Sohn: Jajaja!

Das Mäxchen, das zuerst gerufen hatte, wollte natürlich zuerst. Und während die beiden verspäteten Jarufer noch mit dem Mäxchen stritten, wer den Vortritt beim großen Zeugen haben sollte (und während überall in den Wäldern um die Berliner Seen abertausend Männer ihr Nickerchen beendeten und mit tiefwummernden Zeugungswünschen erwacht waren), schlief Billy immer noch engelsgleich und träumte auf Federbettwolken von einem freiwilligen Feuerwehrhauptmann mit dirigierendem Taktstock, vom schwarzrobigen Staatsanwalt, in dem ein Terrorist steckte, von Beethoven, der ihr im Hechtsprung kam, von immer rascher wechselndem Herrenbesuch und allerneuesten Attraktionen und Wünschen, die in Erfüllung gingen.

Es war aber das Mäxchen, dem Fränki und Siggi den ersten Stoß vergönnt hatten. »Laß mal den Jungen. Der muß sich abstrampeln.«

Während die zwei abwartenden Väter ihren Schatten warfen, pellte der junge Möchtegernvater – »Immer sachte, mein Sohn«, mahnte Fränki – von Billys tiefschlafendem Fleisch die Jeans, die Schlüpfer auch, so daß es pfingstlich duftete.

O dumme Unterlassung der Natur! Nun mußte das Mäxchen sich doch mit dem Kunststoff gürten, nachdem des ersten zeugungswütigen Vaters Hosen gefallen waren und das Nichts offenbar wurde. Jaja, es war ja alles griffbereit. Gleitsalbe auch. Das unterscheidet den Mensch vom Tier: daß ihm zu allem, was ist oder fehlt, Ersatz einfällt. Wir wissen uns schon zu helfen!

Zwischen Gebüsch lag Billy auf ihrer Kamelhaardecke und atmete traumgerecht. Kein Blick der bebrillten und nichtbebrillten Korpsstudenten konnte sich irgendwas abgewinnen. Die hingen viel zu besoffen in ihrem Wichs, um Anteil nehmen zu können. Nur die Schwarzgelederten auf ihren Maschinen waren Zeugen vom Hügel herab, als zum erstenmal in Billy hinein willentlich und kraft Glaubens gezeugt wurde.

Wie zärtlich der Junghengst das besorgte. Wie sich Natur leicht betrügen läßt. Was alles beim Freilufthea-

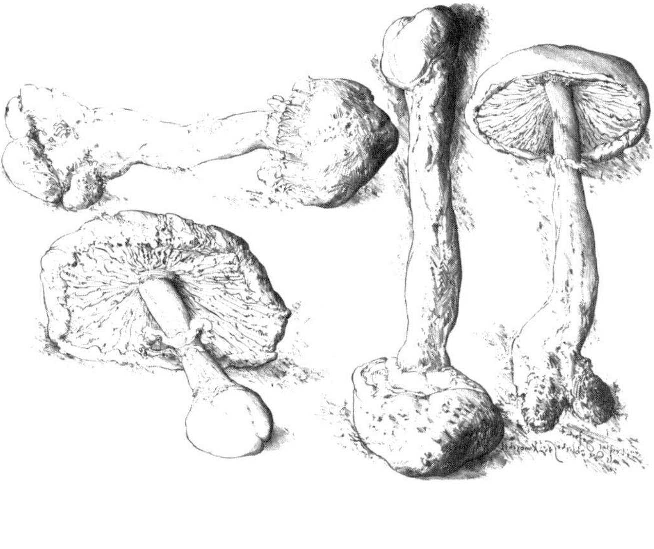

ter möglich ist. Man muß nur improvisieren können und sich den Rest ausmalen. Man muß mit Einfällen wunderbarer Art die Löcher in unserer löchrigen Existenz stopfen. Man kann durch Glaubensstärke was nicht ist dennoch sein lassen, ganz ohne Zwinkern. Denn wenn Oblatengebäck des Herrn Jesu Fleisch und gewöhnlicher Landwein sein Blut sein können, dann kann auch ein kunstvoll erdachtes Zwischenstück (viel edler geformt als die übliche Stinkmorchel) Heil bringen oder zumindest ein bißchen Erlösung. Ach, ihr Rammler, Böcke, Hengste und Bullen, wie dumm seid ihr von Natur her beschaffen! Ihr Erpel und Gockel, nur das fällt euch ein. Ach, ihr natürlichen Väter! Was wißt ihr, wenn euch was abgeht, von jener überwirklichen Zeugung, die der Natur nur andeutungsweise bedarf?

Nachdem sich das Mäxchen ideell bewiesen hatte, kam Siggi zum Zug. Und immer noch wollte Billy ihren Traum nicht aufgeben. Immer noch sahen die Schwarzgelederten vom Hügel herab in sich hinein, was sie sahen: das Unerhörte. Die ganz dicke Sauerei. Den Kunstfick. Die Beleidigung aller vatertäglichen Saubermänner: Denn die beiden Burschen in Leder waren, als Siggi die schlafende Billy heimsuchte, um die Unschuld ihrer chromreinen Motorräder besorgt und verhängten die jeweils drei Frontscheinwerfer der 500-ccm-Maschinen mit ihren Lederjacken. Ähnlich verschämt wechselten die Krähen von einer nah stehenden Kiefer zur übernächsten. Das alles war ungesehen noch schlimm genug.

Also sahen die Krähen und Motorräder nicht, daß nun auch Fränki die Hosen fallen ließ und sich mit dem bedeutenden Kunststoff gürtete. Jetzt aber versagte das Sakrament, kaum war es eingeführt worden. Billy erwachte. Flöten ging ihr der Traum. Die Wirklichkeit hieß Fränki. Den wollte sie abschütteln. Der blieb aber stößig. Den wollte Billy nicht. »Nein nein!« schrie sie. Siggi und das Mäxchen mußten sie links rechts halten und ein bißchen kreuzigen. Denn mittendrin aufhören wäre nicht fair gewesen, Fränki gegenüber, dem alten Fuhrknecht.

»Wirst du die Fresse halten!« rief das Mäxchen. »Is ja gleich fertig«, versicherte Siggi. Und nach ein paar Stößen, die Billy nur noch leise wimmernd ertrug, meinte Fränki, den Übersohn gezeugt zu haben. Richtig schlapp machte er ein Weilchen und sagte dann, von Billy steigend: »Na also. Was soll das Geschrei. Jetzt fühl ich mich gleich um ne Nummer besser.«

Natürlich weinte Billy, nachdem ihr so geschehen war. Sie weinte für sich und wollte vom Mäxchen keine Tränen getupft bekommen. »Gemein«, sagte sie. »Ihr seid gemein. Mein Gott, seid ihr gemein.«

Schluchzend zog sie sich die Schlüpfer, die Jeans hoch und ließ den Reißverschluß funktionieren. Die Krähen kamen zurück. Auf dem Hügel enthüllten die beiden Burschen die Scheinwerfer ihrer Motorräder und saßen wieder ganz in Leder. Vom See her wehte ein Abendlüftchen. Die Mücken waren jetzt zahlreich.

Da sagte das Mäxchen Trostwörter: »Hast einfach zu süß ausgesehen im Schlaf. Ne richtige Unschuld. Konnt man nicht widerstehen. Sind ja man sachte gewesen. Und wenn nich Fränki wie ne geballte Ladung, dann hättste bestimmt nix gemerkt. Komm, nu sei wieder lieb. Ich helf dir auch die paar Teller abwaschen. Blitzblank. War ja nicht so gemeint. Und wenn du dir die immer noch wünschst, kriegste für zu Haus ne neue Quelle-, Miele- oder Bosch-Geschirrspülmaschine mit allem Drum und Dran.«

Und auch Siggi sagte: »Das mußte sein. Jetzt erst ist richtig Vatertag. Hoch die Tassen. Hier Billy. Nimm mal nen Schluck aus der Pulle.«

Und Fränki ließ eine Bierflasche schnalzen und trank, der Natur zuprostend, auf den dreimal gewollten Sohn.

Doch Billy wollte nicht lieb sein. Sie wollte auch mit Mäxchen keine Teller abwaschen. Niemandem wollte sie zuprosten. Langsam, als hinge noch Schlaf an ihr, stand sie auf, machte ein paar unsichere Tippelschrittchen und sagte dann fest: »Ich geh jetzt. Mit euch will ich nie wieder. Das habe ich nicht gewollt.«

Und jeden einzeln, Fränki, Siggi, das Mäxchen voll in den Blick nehmend, sagte sie: »Wenn ich das will, nehm ich mir nen richtigen Mann. Der ist mir lieber. Das sag ich euch als Frau. Habt ihr verstanden! Als Frau.«

Wie um anders, neu, genauer zu sehen, setzte sie ihre Brille auf, die sie sonst nur beruflich benutzte. Dann ging Billy, ohne durch die Hornbrille hinter sich zu schauen. Nachprüfbar ging sie Schritt nach Schritt. Die Krähen folgten ihr von Kiefer zu Kiefer. Die auf den Motorrädern sahen, in welche Richtung sie ging, und ließen ihre Maschinen anspringen, um die neueste Nachricht um den Grunewaldsee zu tragen.

Wohl doch betroffen, sahen das Mäxchen, Siggi und Fränki der Schritt nach Schritt schwindenden Billy nach, auch wenn Fränki leichthin sagte: »Reisende soll man nicht aufhalten.«

Darauf soffen die drei nur noch Bier auf Schnaps, Schnaps nach Bier in sich hinein und hielten so den Vatertag bis in die Dämmerung aufrecht. Woanders mochte von der Bundesliga, von Toto und Lotto, von der Einkommensteuer und von Spesen die Rede sein; die drei übrigen Helden jedoch zählten auf, wann, wo

und wie oft sie in zurückliegenden Jahrhunderten ihre Zeugungskraft bewiesen hatten. Mag sein, daß der Schnaps ihnen half, die Zeit aufzuheben.

Das Mäxchen erzählte, wie es den langen Dreißigjährigen Krieg über mal hier, mal dort, als Magdeburg brannte, im westfälischen Soest, vor Breisach, gleich nach der Schlacht bei Wittstock und auch während ruhiger Etappenzeit seine Scherflein in hundert Sparbüchsen vergeudet hatte. »Das war, als ich Axel Ludström hieß. Da lagen wir als Oxenstiernas Leibregiment auf der Halbinsel Hela. Lauter kaum beflaumte schwedische Reuther. Das war im Mai, als ich mir eine kaschubische Marjell, Agnes hieß die, in einer Dünenmulde aufriß. Und die anderen Jungs gingen auch kurz mal drüber ...«

Siggi hingegen gefiel sich als polnischer Ulan und malte farbig aus, wie der junge heldische Graf Woyczinski der spröden Köchin des Napoleonischen Gouverneurs Rapp im tiefen Wald begegnete, wo sie im Körbchen Pilze für des Gouverneurs Küche sammelte: »Doch als ich vom Pferd stieg, ihr Händchen küßte und ein paar blumige Sachen sagte, konnte die Marjell natürlich nicht widerstehen. Wir lagen auf Moosgrund. Um uns standen Morcheln, Pfifferlinge, Boviste, breitschirmige Parasole. Ach, rochen die Pilze! Ach, waren wir sattsam ein Fleisch. Welche Lust! Nur die Ameisen störten. Sophie hieß sie. Später hat sie uns alle, das patriotische Aas, mit einem gefüllten Kalbskopf vergiftet. Nur Rapp kam davon. Dennoch habe ich nichts zu bereuen ... «

Und Fränki schließlich erzählte lang breit, wie er es als preußischer Dragoner, zu Ollefritz' Zeiten, einer Gesindeköchin zwischen den Schlachten besorgt hatte. »Meine gute Amanda. Ob nach Roßbach, Kunersdorf, Leuthen oder Hochkirch, wann immer ich meine Blessuren bei ihr auskurierte, jedesmal schlug es an. Nach siebenjährigem Krieg hatte ich entsprechend viel Söhne gezeugt und wurde deshalb Domäneninspektor. Die Kaschubei! Herrliche Sandböden! Worauf ich mit Zucht und Strenge in Preußen den Kartoffelanbau durchgesetzt habe. Dabei standen mir meine Söhne bei, alle sieben ... «

Und ähnliche Taten mehr, bis Siggi sagte: »Sie ist nun mal überempfindlich. Ich weiß nicht. Wir hätten sie doch nicht einfach so gehen lassen sollen. Womöglich kriegt sie Ärger. Laufen doch nur noch besoffene Kerle rum, die keinen Spaß verstehen.«

»Los, packen wir!« rief Fränki und trat dem Mäxchen, das nicht hoch wollte, in den Arsch. Rasch verstauten sie den Eisenrost, die unabgewaschenen Teller, die Kamelhaardecke, die leeren Flaschen, was sonst noch rumlag – nur Billys Zylinder blieb liegen – auf Fränkis Dreiradauto und fuhren los: Billy suchen. (Auch die benachbarten Korpsstudenten brachen auf, singend: »Hoch auf dem gelben Wagen ... «)

Mit ihrem Dreiradkarren, dem Automobil aus fünfter Hand, dem flotten Wägelchen für Schnelltransporte und Kleinumzüge, mit Fränkis Gefährt durch dick und dünn, vorsintflutlich, steinzeitlich, außer jeder Mode und gerade noch – nach letztem TÜV – zugelassen, mit ihrem fahrbaren Untersatz, auf dem Siggi und das Mäxchen zwischen den Vatertagsutensilien, den rollenden Bierflaschen und nicht abgewaschenen, nun einer nach dem anderen zerscherbenden Tellern saßen, während der Fuhrmann Fränki am Steuer den wirren Kurs hielt – »Wir finden dich! Finden dich, Billy!« –, mit ihrer verläßlichen Karre fuhren sie, übriggeblieben zu dritt, über Stock und Stein rund um den Grunewaldsee, der ganz still lag und Abendrot spiegelte, hin zum Jagdschlößchen, Forsthaus und zurück um den See, dann auf Seitenwegen, umdämmert vom Abend, inmitten der überall aufbrechenden Vatertagsgesellschaft, stumm, eingesargt im Gegröl der halb- und volltrunkenen zigtausend Männer – nur Siggi knirschte, während das Mäxchen vor sich hin flennte, zwischen Schmallippen: »Haut einfach ab.

Läßt uns sitzen. Versteht keinen Spaß. Wie ne beleidigte Leberwurst ... « –, bis sie auf einem Seitenweg, der von einem Seitenweg zweigte, im Dämmerlicht etwas Knautschiges ahnten, das sich mitten auf dem Sandweg, den freiliegende Wurzelstrünke holprig machten, im Licht der Frontscheinwerfer des Dreiradkarrens deutlich als ein Häufchen Jeans bewies.

»Das sind Billy ihre!« riefen Fränki, Siggi oder das Mäxchen. (Seitab lagen der blauweiß gestreifte Pulli, der Tittenhalter.)

Ganz einsam (mutterseelenallein) war sie kreuzquer gelaufen: immer tiefer hinein in den Wald. Denn am See, auf den Lichtungen, vor den Erfrischungsbuden wurde sie angepöbelt: »Kiek die Trine!« und angemotzt: »Was willen die hier an Vatertag?« – »Die juckt es wohl, was?«

Nur noch für sich sein. Alles zurückgenommen. Sie hatte sich in ihre Einsamkeit eingepuppt. Auch die wärmt ja und gibt sich gesellig. Es war ihr (das sagte sie vor sich hin) wie Schuppen von den Augen gefallen. »Da mußten die erst kommen und mir Bescheid stoßen.«

Was für ein neues Gefühl: Frau sein. Wenn auch einsam verrannt. Doch nun entschlossen und ohne Umkehr. Schiffe verbrennen. Brücken einreißen. Nach vorwärts weisende Sätze bilden: »Ich komm aus ner Flüchtlingsfamilie. Ich hab als Kind schon was durchgemacht. Ich kenn das: neu anfangen. Das liegt hinter mir, endgültig hinter mir. Wieder bei Nullkommanull beginnen. Und wo man mal aufgehört hat. Nein, Heidilein wird nicht mehr bei den Großeltern gelassen, sondern – die hol ich rüber – ein richtiges Zuhause haben. Braucht doch Zärtlichkeit, son Kind, und mütterliche Wärme. Die hab ich noch und noch. Einfach lächerlich: als wenn ich mir keine Geschirrspülmaschine selber. Da brauch ich doch die nich. Das sind doch nur Verirrungen, durch die man durch muß. Ich will. Und zwar als Frau. Und zwar eindeutig. Ich werde ... «

Zwischen Mischwald, Gebüsch, auf Haupt- und Nebenwegen, über Nadelböden und Moosgrund, immer tiefer hinein in den Grunewald trug Billy die schöne Vatertagserkenntnis: »Ich bin eine Frau, eine Frau, eine Frau!« Rausgejubelt das Lockwort. Laut angeboten das schwache Geschlecht. Als Köder, doch nun triumphierend das Wörtchen »Dickmadame« gestreut.

Und sie bissen auch an. Hatten sie nie aus dem Auge verloren. Waren fährtenkundig. Von Baum zu Baum halfen oben die Krähen. Und sie stöberten sie auf, die sieben schwarzgelederten Hechte. Kamen auf ihren noch abgedunkelten Maschinen über Haupt- und Nebenwege gezuckelt. Eher gutmütig brummelten die Motoren. War ja alles nur Spiel. Wollten nun mal was Lebensechtes erleben. Schossen plötzlich ihr Licht aus dreimal sieben Scheinwerfern ab, trieben Billy, die Frau, die Dickmadame, das nun doch ein wenig verschreckte Häschen vor sich her, mal hier-, mal dahin, in windstille Abzweigungen, wo nur noch Butterbrotpapier und Bierflaschen vom Vatertag zeugten.

Noch rief Billy: »Hallo Jungs! Hört doch auf mit dem Quatsch! Kommt, wir trinken friedlich paar Schnäpse am Roseneck oder sonstwo ... « Aber da hatte sich schon der Kreis geschlossen. Schnapp! machte die Falle. Das lief ab nach bekannter Regie. In diesem Film gab es kein Entrinnen. Das Ende war vorgeschrieben.

»Runter die Plünnen!« sagte einer ganz leise. Jetzt brummelte auch kein Motor mehr. Im vereinigten Licht, wie im Vollbad stand Billy mollig drollig tapsig in gleißender Lockenpracht und gehorchte ein wenig geniert. Deshalb behielt sie die Schlüpfer an und die Schuhe und Ringelsocken. Mehr wollte sie nicht: auf keinen Fall! (»Ihr glaubt doch wohl nicht im Ernst ... «)

Der Hase brach aus, rief: »Bei euch piept's wohl!«, schlug Haken, als sieben Motoren wieder gutmütig brummelten. In eine Schneise hinein lief Billy, kurvte um Baumstämme, brach prasselnd durch Knieholz, lief

lief, bis sie fiel, weich auf Nadelboden und alle sieben wieder um sich hatte. »Bitte, Jungs, bitte …«

Aber die sagten nur gar nichts oder nur »Sau!« zu ihr. »Na warte, du Sau!« – »Dich reißen wir auf, du Sau!« – und hatten schon ihre Lederhosen offen. Und hatten einer nach dem anderen, wie auf Befehl, einen Ständer. Und standen an zur Kommunion. Und fanden das ganz normal. Und rotzten einer nach dem anderen ihren Rotz in sie rein, daß Billy überlief. Traten sie auch, bevor sie, nachdem sie, mit ihren Extrastiefeln: »Drecksau, verdammte!«

Und einer schob ihr, als alle fertig waren, einen knakkigen Tannenzapfen in die Wunde: »Na lauf, du Obersau, lauf schon!«

Aber Billy wollte konnte nicht mehr. Nur noch Kullertränen. Und eine Leere, die sich als letzter Wunsch auftat: Oh. Mit ihren gedrosselten Motorrädern schoben sie Billy an, schubsten, pufften sie – »Nu mach schon!« –, bis einer, dann der nächste kurz Gas gab und über Billys Beine, ihren Bauch rollte. Nun erst, weil alle sieben immer das gleiche taten, die anderen auch: drüber und nochmal drüber. Ernsthaft und mit Gründlichkeit.

War das noch ein Mensch? So fanden Fränki, Siggi und das Mäxchen abseits der Schneise ihre Billy: auf Nadelboden zum Klumpen gefahren. Daneben kaputt die Brille. Da war kein Stückchen Schönheit mehr geblieben. Da war alles Leben raus. Da konnte man nur noch – und Fränki sagte das – »Scheiße!« sagen. Das Mäxchen kotzte beiseite gegen einen Baumstamm. Fränki tobte mit Fäusten gegen sich: »Gottverdammt!« Deshalb mußte Siggi sachlich bleiben. »Wir müssen sie liegen lassen, hier. Und anrufen von unterwegs. Da ist momentan nichts zu machen.«

Also fuhren sie mit ihrem Dreiradauto für Schnelltransporte und Umzüge aus der Schneise über Neben- und Hauptwege und ließen die tote Billy im Wald. Über die Clayallee fuhren sie als Teilnehmer des rückläufigen Vatertagverkehrs bis zum Roseneck, wo Siggi ausstieg und in der Telefonzelle neben der Bushaltestelle verschwand. Fränki blieb hinterm Steuer sitzen und reinigte seine Pfeife. Das Mäxchen hatte keinen Kaugummi mehr. Siggi meldete durchs Telefon: »Da müssen Sie von der Clayallee rechts ab, ja genau, und dann wieder rechts, dann links, nochmal links, dann rechts in die Schneise rein. Und nach fuffzig Schritt liegt da paar Schritt links ab ne nackte Frau tot. Jadoch. Richtig. Sage ich ja.«

Danach ging das Leben weiter.

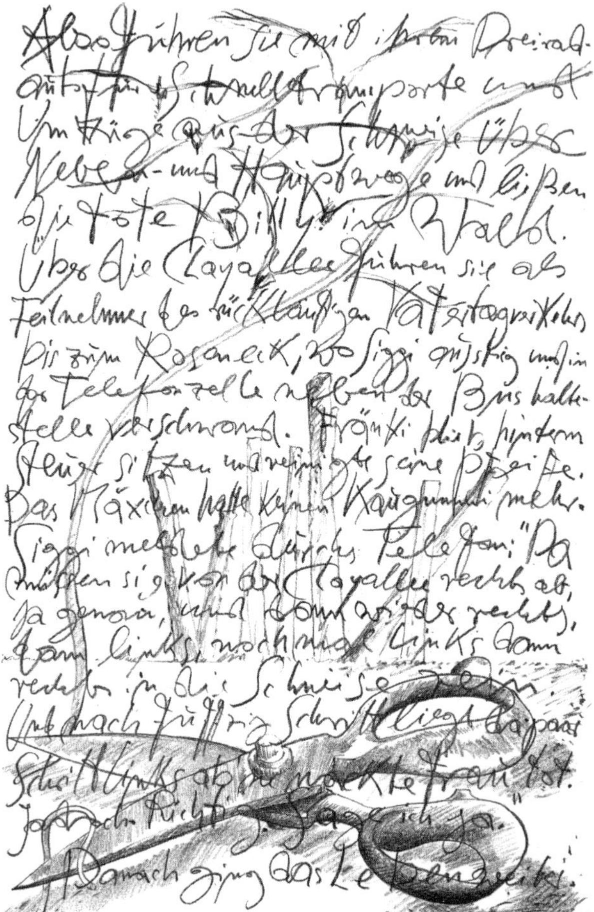
Also fuhren sie mit ihrem Dreirad-
auto für Schnelltransporte und
Umzüge aus der Schneise über
Neben- und Hauptwege und ließen
die tote Billy im Wald.
Über die Clayallee fuhren sie als
Teilnehmer des rückläufigen Vatertagsverkehrs
bis zum Roseneck, wo Siggi ausstieg und in
der Telefonzelle neben der Bushalte-
stelle verschwand. Fränki blieb hinterm
Steuer sitzen und reinigte seine Pfeife.
Das Mäxchen hatte keinen Kaugummi mehr.
Siggi meldete durchs Telefon: "Da
müssen sie vor der Clayallee rechts ab,
ja genau, und dann wieder rechts,
dann links, noch mal links dann
rechts in die Schneise rein.
Und nach fünfzig Schritt liegt da paar
Schritt links ab die nackte Frau tot.
Ja doch. Richtig", sag ich ja.
Danach ging das Leben weiter.

Die Abbildungen in diesem Band sind dem Lithographien-Zyklus „Vatertag“ entnommen, erschienen in der Edition Monika Beck, Hamburg, 1982

1. Auflage dieser Ausgabe März 2012

Buch- und Umschlaggestaltung:
Steidl Design / Sarah Winter
unter Verwendung einer Lithographie
von Günter Grass
Satz, Druck, Bindung:
Steidl, Düstere Str. 4, 37073 Göttingen
www.steidl.de
Printed in Germany
ISBN 978-3-86930-468-7